疑惑接点

南 英男

JN129202

祥伝社文庫

目次

プロローグ

禍々《まがまが》しい予感が膨《ふく》らんだ。

約束の午後七時は、とうに過ぎている。あと数分で、七時半だ。

八雲健人《やぐもけんと》は胸の不安を追い払い、バーボン・ロックを啜《すす》った。氷塊《ひょうかい》が涼《すず》やかな音をたてた。西麻布《にしあざぶ》のダイニングバーのテーブル席である。奥まった席だった。七月中旬の平日だ。客の姿は疎《まば》らだった。

八雲は婚約者の伊吹亜矢《いぶきあや》を待っていた。いつもデートのときは、この店で落ち合っている。一週間ぶりのデートだった。

八雲は三十二歳で、洋画配給会社に勤めている。最近は、もっぱらヨーロッパやアジアで製作された映画の買い付けをしていた。海外出張は少なくない。

二十七歳の亜矢は、婦人雑誌の編集者だ。聡明《そうめい》な美人である。

中肉中背で平凡な顔立ちの八雲は、いまも美しい亜矢と婚約したことが信じられない。

何か夢を見ているような気さえする。

二人は試写会でちょくちょく顔を合わせているうちに自然と親しくなり、いつしか恋仲になっていたのである。この秋に結婚することになっていた。

これまで亜矢は約束を破ったことはない。時間を厳守するタイプだった。ここに来る途中で、運悪く交通事故に遭《あ》ってしまったのか。それとも急に気分が悪くなって、どこかで休んでいるのだろうか。どちらにしても、なんだか心配だった。

暗いことを考えると、次第に胸苦しくなってきた。

八雲は何か急《せ》き立てられ、麻の白い上着の内ポケットからスマートフォンを摑《つか》み出した。ちょうどそのとき、着信音が響きはじめた。

発信者は亜矢だった。八雲は急いでスマートフォンを耳に当てた。

「何かアクシデントがあったのかい？」

「連絡が遅くなって、ごめんなさい。妹の麻里《まり》が精神安定剤を多量に服《の》んだらしいの」

「えっ⁉」

「仙台《せんだい》の母から電話があったのよ。それで、少し前に東北新幹線に飛び乗ったとこなの。悪いけど、デートはドタキャンさせて」

「わかった。それで、麻里ちゃんは大丈夫なのか？」

「すぐに病院で錠剤を吐かせて、胃洗浄《いせんじょう》もしてもらったそうだから、命に別状はないらしいわ」

亜矢が答え、吐息《といき》を洩《も》らした。

八雲は、ひとまず安堵《あんど》した。二十四歳の麻里は三年前の初夏に長距離バスジャック事件に巻き込まれ、犯人のひとりにナイフで顔面を斜めに傷つけられてしまった。

すでに彼女は三度も都内の大学病院で形成手術を受けている。だが、頬《ほお》の引き攣《つ》れは完全には消えていない。リハビリメイクで傷痕《きずあと》を隠している状態だ。

そんなことで麻里は容姿劣等感に悩み、仙台の自宅に引きこもっていた。都内の有名女子大を中退してからは、ほとんど家族や精神科医としか接していない。

八雲は、麻里と二回会っている。しかし、彼女は八雲とまともに視線を合わせようとしなかった。いかにも迷惑げだった。左の頬に宛《あて》がった手は決して外さなかった。

「妹が死にたくなる気持ちはわかるから、わたし、どう励《はげ》ましてやればいいのか……」

「おれ、最終の新幹線に乗るよ。亜矢、麻里ちゃんが担《かつ》ぎ込まれた病院は？」

「仙台中央病院だけど、健人さんは東京にいて。また、連絡するから」

亜矢が早口で言って、電話を切った。

八雲はダイニングバーを出て、近くのショットバーに入った。なんとなく久我山《くがやま》の自宅マンションに帰る気になれなかったからだ。

トム・コリンズを二杯空《あ》けたとき、懐《ふところ》でスマートフォンが鳴った。亜矢からの電話だろう。八雲はそう思いながら、ディスプレイを見た。登録されていない番号が表示されている。

「どなたでしょう?」

八雲は身構《みがま》える気持ちで、相手に確かめた。

「九鬼《くき》譲司《じょうじ》の妻です」

「弥生《やよい》さんだったのか。しばらくだね。お元気でした?」

「ええ」

相手の様子がおかしい。声が沈んでいる。

九鬼は西北《せいほく》大学のアーチェリー部の二年先輩で、フリーのジャーナリストだ。主に犯罪ノンフィクションものを執筆していた。二十数冊の著書を持つ気鋭のライターだった。妻の弥生は八雲と同《おな》い年で、インテリア・デザイナーとして活躍中だ。

「先輩の身に何か起こったの?」

「実はね、夫が三日前から失踪《しっそう》したままなのよ。取材に出かけたきり、マンションに戻って来ないんです」

「なんだって⁉　先輩のスマホの電源はどうなんだい？　切られてるの？」

「ううん、電源は入ってるの。それで、わたし、何十回も電話をして、メッセージも入れたんですよ。だけど、夫からはなんの連絡もないの」

「先輩は、電話をかけられない状況にあるんだろうな。で、どんな取材をしてたんだい？」

「具体的なことはわからないけど、九鬼は二カ月ぐらい前からカード偽造グループと振り込め詐欺《さぎ》集団のことを調べてたの」

「それは別々の組織なんだね？」

「ええ、そう言ってたわ。でもね、裏で繋《つな》がってるかもしれないと言ってたの。そのほか詳しいことは知らないんだけど」

「そう。先輩の仕事関係の人たちには問い合わせてみた？」

八雲は訊《き》いた。

「ええ、もちろん！　夫が出入りしてる新聞社、通信社、出版社に電話をして、同業者にも問い合わせてみたわ。だけど、九鬼の消息はわからなかったの」

「警察に捜索《そうさく》願は？」

「まだ出してないの。夫がひょっこりと帰ってくるような気もしてたんで……」

「早く捜索願を出したほうがいいな。こんな想像はしたくないが、先輩が取材してた犯罪組織に拉致《らち》された可能性もあるからね」

「そうなのかしら?」

「考え過ぎかもしれないが、大事をとるべきだよ」

「ええ、そうしたほうがいいだろうね。明日の朝、警察に行きます。それはそうと、九鬼の女性関係で何か知らない?」

「どういう意味なのかな?」

「ほら、わたしって、勝ち気でしょ? だから、夫がおとなしいタイプの女性とこっそりつき合ってるなんてこともあるんじゃないかと思ったの」

「そういうことは考えられないな。先輩は酒好きだけど、仕事第一ってタイプだから」

「でも、もう結婚して七年になるのよ。子供に恵まれなかったから、夫が倦怠感《けんたいかん》を覚えて、浮気に走ったのかもしれないでしょ?」

「それで、浮気相手と駆け落ちしたとでも思ったわけか」

「ええ、まあ」

「先輩は、そんな無責任なことはしないさ。仮に好きな女性ができたとしたら、ちゃんとけじめをつけるはずだよ」

「ま、そうでしょうね」

「アーチェリー部の関係者には、もう問い合わせ済みなのかな?」

「ううん、まだよ」

「それじゃ、そっちはおれがやろう」

「ありがたいわ。よろしくお願いします」

弥生が先に電話を切り上げた。

八雲は勘定を払い、ショットバーを出た。近くの暗がりにたたずみ、西北大学のクラブOBに片っ端から電話をしてみた。しかし、九鬼の行方を知る者はいなかった。

八雲は溜息《ためいき》をつき、最寄《もよ》りの地下鉄駅に向かった。

第一章　三年前の事件

1

舌打ちをする。

二度目だった。何もかも腹立たしい。じっとりとした天候にも八つ当たりしたくなる。あと何日したら、東京の梅雨《つゆ》は明けるのか。

堀江恒生《ほりえつねお》は荒《すさ》んだ気持ちで、焼酎《しょうちゅう》のロックを呷《あお》っていた。

新井薬師前《あらいやくしまえ》駅の裏手にある居酒屋『磯吉《いそよし》』のカウンターだ。七月上旬の晩である。馴染《なじ》みの店だった。自宅アパートは歩いて五、六百メートルの場所にある。

堀江はまだ二十六歳だが、この春に食品加工会社をリストラ退職させられてしまった。仕事で大きなミスをした覚えはない。

それでも肩叩《かたたた》きに遭《あ》ったのは、早婚だったからだろう。五年連続の赤字会社にとっては、ささやかな家族手当も重い負担になるということか。それにしても、理不尽な話ではないか。納得しがたい。

いま妻の律子《りつこ》は大きな腹を抱えて、松山《まつやま》の実家の世話になっている。第一子の出産予定日は来月の中旬だ。妻が早目に親許《おやもと》に身を寄せたのは、少しでも自分の食費を浮かせたかったからにちがいない。

そんな妻がいじらしく思える。同時に、自分の腑甲斐《ふがい》なさが情けなく感じられた。

堀江は職を失った翌日から地元のハローワークに通い、求人誌も買い集めた。一日も早く再就職したかった。

このまま働き口が見つからなければ、出産費用にも手をつけることになってしまう。秋には雇用保険の手当も打ち切られる。そうなったら、喰《く》うにも困る。わが子のミルク代にも事欠くようになったら、律子に申し訳ない。

彼女の両親は、ひとり娘が堀江と結婚することには反対だった。夫になる男が三流私大を中退し、その後二年間もフリーター暮らしをしていたことで、生活力がないと判断されたようだ。

実際、堀江は世渡りが下手《へた》だった。出世欲はなく、金銭に対する執着心も弱い。もちろん、平凡に暮らしていくだけでも、それ相当な金が必要なことはわかっている。

だからといって、経済的な安定と引き換えに窮屈《きゅうくつ》な思いはしたくない。自由を奪われ、上司の顔色をうかがうような日々は精神衛生によくないに決まっている。

できることなら、死ぬまでフリーターでありつづけたいと願っていた。しかし、律子と出会ってから、堀江は生き方を変えた。

合コンで妻と知り合ったのは、二十三歳のときである。一つ年下の律子は旅行会社のOLだった。容姿は人並だったが、気立てはよかった。何よりも他者を思い遣《や》る優しさに惹《ひ》かれた。

堀江はたちまち律子に恋し、彼女との結婚を切望するようになった。フリーターのままでは相手は不安だろう。

堀江は一念発起《いちねんほっき》し、社員数四十七名の食品加工会社の正社員になった。与えられたのは営業職だった。堀江はセールストークの勉強を重ね、そこそこの実績を上げた。いつからか、社会人としての自覚も生まれていた。

律子の父母を説得して所帯を持ったのは、およそ一年半前だった。妻が妊娠するまでは共働きだった。

律子の悪阻《つわり》は重かった。堀江は妻に仕事を辞めさせ、懸命に働いた。進んで残業もこなした。休日出勤も厭《いと》わなかった。

早期退職を促《うなが》されたのは、その矢先だった。もはや独り身ではない。堀江は喰《く》い下がった。だが、労務担当者は業績不振を繰《く》り返し訴えるだけだった。堀江は根負けして、辞表を認《したた》めた。

冷《ひ》や奴《やっこ》を注文したとき、半袖《はんそで》シャツの胸ポケットの中でスマートフォンが振動した。『磯吉』に入る前にマナーモードに切り替えておいたのだ。

堀江はディスプレイを覗《のぞ》いた。電話をかけてきたのは妻の律子だった。

「百円ショップの面接の結果はどうだった？」

「その場で不採用だったよ。面接担当者に表情が暗いから、客商売には向かないって言われちまった。律子、おれはそんなに陰気に見えるか？」

「リストラされてからは、明るさが消えたわね。でも、それは仕方ないわ。四十社以上も面接に出かけたのに、どこも雇ってくれなかったわけだから。誰だって、元気がなくなるわよ」

「律子、もう少し待ってくれ。必ず好条件で採用してくれる優良企業を見つけるよ」

「人生は長いんだから、あんまり焦《あせ》らないで」

「でもさ、おれは来月、パパになるんだ。ここで頑張らなきゃな」

「再就職先がなかなか決まらなかったら、こっちで父さんの仕事を手伝ってあげて。東京と違って、四国は何かと暮らしやすいの。親子三人でのんびり暮らすのも悪くないんじゃない？」

「そういうわけにはいかないよ」

堀江は力なく呟《つぶや》いた。妻の父親は鉄工所を経営している。従業員は十人以上いるはずだ。

「なんで？」

「おれにも意地があるからな。自分だけの力で妻子を養っていきたいんだよ」

「わたしだって、そうしてほしいわ。あっ、そうだ！　こっちの産院でも超音波で検《しら》べてもらったんだけど、やっぱり、お腹の子は女だって」

「そうか。それじゃ、娘の名は二人で決めた沙霧《さぎり》にしよう」

「その命名の件なんだけど、わたしの両親は沙霧なんて芸名っぽくてよくないと言ってるのよ」

「余計なお世話だ。口出しするなと言っといてくれ」

「何もそんなに怒ることじゃないでしょうが！　最終的には、わたしたち夫婦が決めることなんだから。働き口がなかなか見つからないからって、そんなふうに苛々《いらいら》しないで。そういう調子じゃ、また面接のときに何か言われちゃうわよ」

「うるさい！　偉そうなことを言うな。電話、もう切るぞ」

堀江は声を張り、通話を切り上げた。つい激昂《げっこう》してしまったことをすぐに悔《く》やんだが、電話をかけ直すのは照れ臭かった。

いつの間にか、冷や奴が目の前に置かれていた。鮪《まぐろ》のぶつ切りの鉢《はち》はもう空だった。穴《あな》子《ご》の天ぷらも食べたかったが、我慢することにした。冷や奴で、腹を満たす。

煙草《たばこ》に火を点《つ》けたとき、三人連れの男が店に入ってきた。

いずれも三十歳前後で、サラリーマンと思われる。三人は堀江の真後ろの小上《こあ》がりに落ち着き、ビールと数種の肴《さかな》をオーダーした。

それから彼らは、仕事の話に熱中しはじめた。ネット関係の会社で働いているようだ。酔っているせいか、三人とも声がでかい。いやでも話の内容は伝わってくる。

「もっと早く年功序列を廃止すべきだったんだよ。無能な中高年は会社のお荷物なんだから、どんどん解雇すべきだね」

「おれも同感だよ。でもさ、無能なのは中高年ばかりじゃないぜ。二、三十代でも駄目な奴らは大勢いる。特に〝さとり世代〟は使えないいな」

「確かにな。失業者、フリーター、ニートを併《あわ》せると、三百万人もいるそうじゃないか。

そういう連中がいるから大幅に税収が減って、将来の年金の支払いが危《ヤバ》くなるんだよ」

「ちゃんと働いてない奴らは、社会人としての自覚が足りないね。国民には納税の義務があるわけだからさ」

「その通り！　市場経済の社会なんだから、勝ち組と負け組に二分化されるのは仕方ない。自分が税金も払えなくなったら、もっと遠慮がちに生きるべきだよ。雇用保険の手当を貰《もら》ったり、親に寄生してる奴らは無駄飯を喰ってることを恥じて、さっさと退場してもらいたいね」

「退場？」

「うん、そう！　社会に何も貢献してない奴らは、この世から退場すべきだよ。つまり、早く死ねってことさ」

「かなり過激な発言だな。しかし、負け組が消えてくれたら、日本経済は短期間で再生するだろうね」

「負け組になったら、おれは潔《いさぎよ》く散ってみせるよ」

「それはともかく、おれたちは目一杯頑張って勝ち組になろうや。ついでに、ネット大手も次々に買収してやるか」

「いくらなんでも、おまえ、話がでかすぎるよ」

三人は聞こえよがしに放言し、高笑いをした。

堀江は自分のことを言われているような気がして、なんとも不愉快だった。逆撫《さかな》でされた神経は、さらに過敏になった。三人の笑い声も耳障《ざわ》りだ。

堀江は上体を捻《ひね》って、小上がりの三人連れを睨《にら》みつけた。すると、眼鏡《めがね》をかけた細面《ほそおもて》の男が口を開いた。

「何か？」

「おまえら、何様のつもりなんだっ。さっきから大声で好き放題言いやがって。ここには、いろんな客がいるんだ。もっと言葉を選べよ」

「はあ？」

「この店には、失業者だっているんだよ」

「もしかしたら、それは自分のことなのかな？」

「そうだよっ」

堀江はグラスの底の氷塊を三人連れの座卓に投げつけ、憤然《ふんぜん》と立ち上がった。三人の男が一斉《いっせい》に気色《けしき》ばむ。

「子供っぽい八つ当たりは見苦しいぞ。謝《あやま》れよ」

眼鏡の男が目を尖《とが》らせ、額《ひたい》に青筋を立てた。

「謝らないよ、おれは」

「なんて奴なんだ」

「文句があるんだったら、表に出ろ！」

堀江は啖呵《たんか》を切り、手早く勘定を払った。

店の前で待っていると、三人連れがひと塊《かたまり》になって外に飛び出してきた。揃《そろ》って表情は険《けわ》しい。

「相手になってやらあ」

堀江は喚《わめ》いて、ファイティングポーズを取った。

格闘技の心得はなかったが、ボクシングを少し齧《かじ》ったことがある振りをしたのだ。喧嘩《けんか》は、たいがい機先を制した者が勝つ。

堀江は相手の三人が怖気《おじけ》づくと思っていた。しかし、それは楽観的な考えだった。男たちは相前後して組みついてきた。

堀江は、あっさり突き倒された。みっともないことに、尻餅《しりもち》をつく恰好《かっこう》になってしまった。足を幾度も飛ばし、三人を蹴散《けち》らす。

「謝罪しろよ」

上背《うわぜい》のある男が言って、一歩踏みだしてきた。そのとき、『磯吉』から常連客の市村一《いちむらかず》輝《き》が姿を見せた。

市村は家屋解体業者で、がっしりとした体型だ。身長は百七十センチ前後だろう。年齢は四十一、二歳だ。ぎょろ目で、色が浅黒い。

「三人がかりとは卑怯《ひきょう》だな」

市村は誰に言うともなく呟くと、いきなり眼鏡をかけた男の股間《こかん》を蹴り上げた。相手は唸《うな》りながら、その場にうずくまった。

「な、何だよっ」

上背のある男が震え声で言い、市村の胸倉を掴んだ。

市村は泰然《たいぜん》としている。相手の腎臓《キドニー》のあたりに拳《こぶし》をめり込ませると、残ったひとりの顎《あご》をアッパーカットで掬《すく》い上げた。動きには、まったく無駄《ロス》がなかった。

「市村さん、ありがとう」

堀江は起き上がって、ふたたび拳を固《かた》めた。

三人の男は目配せし合うと、我先に身を翻《ひるがえ》した。瞬《また》く間《ま》に、男たちの後ろ姿は見えなくなった。

「カウンターの奥で、おれも飲んでたんだよ。奴ら、言いたいことをほざいてたな。失業中の堀江ちゃんが頭にくるのは当然さ」

「大人げないとは思ったんですけど、なんか急にスイッチが入っちゃって」

「若いときは、みんな同じだよ」

「市村さん、ボクシングジムに通ってたんでしょ？」

「高校生のときにな。それより、おれの事務所で飲み直そうや」

市村は言うなり、早くも歩きはじめた。

堀江は釣られて足を踏みだした。歩《ほ》を運ぶたびに、市村の右肩が傾く。子供のころに股《こ》関節《かんせつ》を痛《いた》めたとかで、歩き方に特徴がある。

五百メートルほど歩くと、市村興業に着いた。

道路に面した事務所は鉄骨造りの二階建てで、その脇に泥塗《まみ》れの重機が四台並んでいる。どれも、だいぶ使い込まれていた。

堀江は数え切れないほど市村興業の前を通っていたが、敷地内に入ったのは初めてだった。事務所の中に導《みちび》かれた。十五畳ほどの広さだった。灰色のスチール製デスクが二卓あり、その奥に同色のスチールキャビネットが見える。

市村は堀江を布張りの応接ソファに坐《すわ》らせると、冷蔵庫から缶ビールを二つ取り出した。

「あいにくチーズも切らしちゃってるんだ」

「つまみなんかいりませんよ」

堀江は差し出された缶ビールを受け取った。ほどよく冷えていた。市村が向かい合う位置に腰かけ、勢いよく缶ビールのプルタブを引き開けた。

「市村さんは離婚してから、ずっと事務所の二階で寝起きしてるそうですね？　『磯吉』の大将が、そう言ってました」

堀江は喋《しゃべ》りながら、缶ビールを開けた。

「離婚するとき、住んでた分譲マンションを売っ払っちゃったんだよ。女房に慰謝料を払わなきゃならないんでね」

「浮気が奥さんにバレちゃったみたいですね」

「そうなんだよ。女関係ではいろいろ前科があったんで、ついに女房に愛想を尽かされちゃったわけさ。ひとり娘とは、もう丸四年も会ってないんだ。小六になったはずだから、少しはお姉ちゃんぽくなっただろう」

「別れた奥さんと娘さんは、都内に住んでるんですか？」

「いや、栃木で暮らしてる。おれの話よりも、再就職口は？」

「まだ見つからないんですよ」

「それは大変だな。おれの会社が儲《もう》かってたら、堀江ちゃんを高給で雇ってやるんだが、青息吐息《あおいきといき》だからね。一般家屋や古い木造アパートの解体は、たいした金にならないんだよ」

　市村が嘆《なげ》いた。

「そうなんですか」

「数年前までは、解体工が十二、三人いたんだよ。事務の女の子だって、二人いたんだ。しかし、いまや解体工はたったのひとりさ。ギャンブルと女遊びにうつつを抜かしてるうちに、あっという間に落ちぶれちまったよ」

「人生、うまくいきませんね。ちょっとトイレをお借りします」

　堀江は立ち上がって、手洗いに入った。

　用を足して戻ると、コーヒーテーブルの上には缶ビールが林立していた。十缶はありそうだ。

「今夜は陽気に飲もうや」

「ええ、いただきます」

　二人は豪快にビールを呷《あお》った。三缶ずつ空けたとき、市村がまじまじと堀江の顔を見つめた。

「なんなんですか?」

「堀江ちゃんは、いい人相してるよ。事業をやったら、大成功しそうだな。再就職口を探すよりも、何か小さな店でもやりなよ。クレープ屋とかサンドイッチの店とかさ」

「先立つものがないから、とても無理ですよ」

堀江は苦く笑った。

「若いうちはチャレンジ精神を持たなきゃ」

「そうしたいんですけどね」

「おれに協力してくれたら、一千万円の謝礼を払ってやるよ」

市村が腰の後ろから書類袋を取り出し、中から一通の火災保険証書を抓《つま》み出した。

「何を手伝わせたいんです？」

「この事務所に五千万円の火災保険が掛けてあるんだ。おれが外出中に、堀江ちゃん、ここに火を点けてくれねえかな」

「ほ、放火なんてできませんよ」

「二千万円払うよ。それで、どうだい？」

「できません！」

「冗談さ」

市村がにっと笑って、火災保険証書を書類袋の中に収めた。

堀江は急に居心地が悪くなった。しかし、いますぐは帰りづらい。堀江はメビウスをくわえた。

2

赤いマニキュアがようやく乾いた。

木元千春《きもとちはる》は、次に足の爪にペディキュアを施《ほどこ》しはじめた。手の爪と同色だった。

新宿区下落合《しんじゆくしもおちあい》にある自宅だ。ワンルームマンションである。

狭くて息が詰まりそうだ。およそ一年前まで、千春は広尾《ひろお》の高級賃貸マンションに住んでいた。間取りは2LDKだった。

そのころ、千春は六本木《ろっぽんぎ》のキャバクラに勤めていた。ホステスとして月に八、九十万円は稼いでいたが、パトロンの解体業者から毎月百万円の手当を貰っていた。

千春は、いわゆるシャネラーだった。シャネルのバッグや装身具を買い集めていたせいか、高収入を得ていたにもかかわらず、いつも貯《たくわ》えはなかった。もともと彼女は浪費家だった。

店でナンバースリーだった自負《じふ》もあって、年下の同僚たちには気前よく奢《おご》ってしまう。

フロアボーイたちに焼肉をたらふく食べさせたことも一度や二度ではない。

だが、愛人の市村一輝の会社が傾きはじめたとたん、千春は贅沢《ぜいたく》な生活をつづけられなくなった。月々の手当は急に二十万円になり、プレゼントをされることも極端に少なくなった。

市村の愛人になったとき、千春は指名客との閉店後の飲食も禁じられてしまった。俗にアフターと呼ばれているサービスを怠《おこた》ると、ホステスの指名本数は減《へ》ってしまう。いつしか千春は売れないホステスになってしまい、月給も大幅に下がった。ダブルパンチを喰《く》らった形の彼女は新宿歌舞伎町《かぶきちょう》のクラブに移り、このワンルームマンションに引っ越してきたのである。

四カ月前から、パトロンの市村はマンションの家賃も負担してくれなくなっていた。それどころか、逆に何度か無心《むしん》される始末だった。

いま働いている老舗《しにせ》クラブは会員制だ。指名客を獲得する必要はなくなったが、月給も五十万円前後にしかならない。浪費癖のついた千春には、耐乏生活をしているという思いが強い。

——あたしも先々月で、満二十三歳になっちゃったのよね。このままホステスをやっても、あまりいいことはなさそうだな。

千春は刷毛《はけ》を使いながら、胸底《きょうてい》で呟《つぶや》いた。

彼女は高校を卒業するまで、静岡県の浜松《はままつ》市にいた。その後、上京し、美容専門学校に入った。

しかし、将来は自分のヘアサロンを持つことを夢見ていた。

しかし、華やかな都会暮らしは刺激に満ちていた。夜遊びを重ねているうちに、家からの仕送りだけでは遣《や》り繰《く》りできなくなった。遊び仲間に誘われ、千春は軽い気持ちで水商売のアルバイトをはじめた。

キュートな顔立ちの彼女は、最初に勤めたパブで若い客の人気を集めた。

アイドルのように扱われ、たいそう自尊心をくすぐられた。田舎《いなか》娘が急にスポットライトを浴び、すっかり舞い上がってしまった。気分は最高だった。

千春は親の反対を押し切って、美容専門学校を辞めてしまった。本気でホステスの女王をめざし、赤坂《あかさか》の一流クラブに移った。

そこには、並の女優よりも美しい先輩ホステスが何人もいた。

容姿がいいだけではない。彼女たちは話題も豊富だった。英語だけではなく、フランス語やイタリア語も自在に操《あやつ》れるホステスさえいた。

パブではアイドル扱いされていた千春は客を退屈させ、じきにヘルプに格下げされてしまった。いたく傷ついた。屈辱感は消えなかった。

わずか五カ月で一流クラブを辞め、六本木のキャバクラに入った。若さと明るさを売りにした店で、千春はブレイクした。半年そこそこでナンバースリーにランクインし、長いこと順位を保《たも》ちつづけた。

売れっ子ホステスを独占したがる男たちは多い。家屋解体会社の社長を務めている市村も、そのひとりだった。

市村は、ほぼ毎晩、店にやってきた。そのつど、シャネルの製品を携《たずさ》えていた。アフターでは、いつも高級な鮨屋《すしや》やサパークラブに連れていってくれた。

それでいて、市村は露骨に体を求めるようなことはなかった。千春は、彼に大人の男を感じるようになった。温泉に連れていってほしいとせがんだのは自分のほうだった。

むろん、真っ当な恋愛ではなかった。市村をパトロンにして、もっと優雅な生活を満喫《まんきつ》したくなったのだ。

市村の事業が順調なときは、なんの不満もなかった。身勝手な性格だが、女として大切に扱ってくれた。

しかし、手当を減らされたときから見方が変わった。というよりも、市村の短所ばかりが気になって、うっとうしくなってきたのである。

――パトちゃんと早く別れたいけど、まだ手切れ金を貰ってないしな。

千春は両足の爪に化粧をすると、モアに火を点けた。

ふた口ほど喫《す》ったとき、ガラストップ・テーブルの上でスマートフォンが着信メロディーを奏《かな》ではじめた。クリスタル・ケイの『キス』だった。

千春は白いシャギーマットから立ち上がり、真珠色のスマートフォンを掬《すく》い上げた。発信者は市村だった。

「きょうは店、休みだったな。千春、何してた？」

「一日中、ずっと部屋でぼんやりしてた」

「とかいって、若い男をくわえ込んでたんじゃないのか。え？」

「あたしは、そんな淫乱女《いんらんおんな》じゃないわ。それよりさ、パパ、けじめをつけてよ。もうあたしの世話はしてもらえないんでしょ？」

「会社が潰《つぶ》れそうだから、千春を囲える余裕はなくなったな」

「それじゃ、手切れ金をちょうだいよ」

「実は、そのことで電話したんだ。ある男を罠《わな》に嵌《は》めてくれたら、手切れ金として一千万円払ってやるよ」

「どこの誰を陥《おとしい》れるの？」

千春は問いかけた。

「行きつけの呑《の》み屋でよく顔を合わせてる堀江恒生って奴だよ。そいつと事務所で二人っきりでビールを飲んでるんだが、いま、この電話は重機の横でかけてるんだ」

「あたしに美人局《つつもたせ》でもやらせる気なの？」

「そこまで手間はかけさせないよ。堀江を痴漢か引ったくり犯に仕立てて、大声で騒ぎたててくれればいい。それから、堀江を交番に突き出す振りをしてくれ」

「パパ、その堀江って男にどんな恨《うら》みがあるの？　何かの仕返しなんでしょ？」

「別にそういうことじゃないんだ。堀江にちょっと手伝ってもらいたいことがあるだけさ」

「何か危《ヤバ》いことを企《たくら》んでるのね。パパ、銀行強盗でもやらかす気なの？　それとも、現金輸送車でも襲撃するつもりなのかな」

「その手の犯罪は割に合わないもんさ」

「だったら、何をする気なのよ？」

「千春は知らないほうがいい。堀江を罠に嵌めたら、本当に一千万円払ってやる」

「こないだまでお金がないと言ってたのに、なんか急に金回りがよくなったじゃない？　もう危《ヤバ》いことをやったんでしょ？」

「まだ何もしちゃいないよ。近く会社を畳んで、事務所を土地ごと売却する予定なんだ。

売っても抵当権分の債務を差っ引かれるから、おれの手許《てもと》には数千万しか残らねえけどな」

「会社、そこまでよくないのか」

「そうなんだよ。おれは仙台に戻って、ラーメン屋でもやって再起するつもりなんだ。千春も手切れ金の一千万で、何かやれよ」

「一千万あれば、小さなスナックのオーナーママぐらいにはなれそうね」

「なれるさ。で、どうする？」

「罪のない相手を陥れるのはちょっぴり気が咎《とが》めるけど、あたし、堀江って男性《ひと》には会ったこともないから、パパに協力しちゃう」

「そうか」

市村が満足げに応じ、堀江恒生という男の身体的な特徴を細かく告げた。千春は頭の中でイメージを固めた。

「タクシーを使えば、おれの事務所に十五分程度で来られるよな？」

「あたし、素顔《スッピン》なのよ。化粧もしなくちゃならないから、三十分ほどかかると思うわ」

「わかった。それじゃ、おれは三十分が過ぎたころ、堀江を事務所から追い払う。奴は、まっすぐ自分のアパートに向かうと思うよ。千春、夜道で堀江を嵌めてくれ」

「パパはどうするの？」

「頃合を計《はか》って、おれは堀江の加勢をする。もちろん、芝居さ。奴に貸しをこさえて……」

「仲間に引きずり込む。そういうシナリオなのね？」

「ま、そんなとこだ」

「パパも悪党ね」

「そのおれにさんざん貢《みつ》がせた千春は、もっと悪女だろうがよ」

「純情な田舎娘を 弄《もてあそ》んだのは、パパでしょうが」

「どっちも、どっちだな。それじゃ、そういう段取りでよろしく！」

市村の声が途絶《とだ》えた。

千春はドレッサーの前に坐り、手早く化粧をしはじめた。前夜飲み過ぎたからか、ファンデーションの乗りが悪い。しかし、いちいち気にはしていられない。

千春は急いで身支度《みじたく》をして、二〇一号室を出た。千春は目白《めじろ》通りまで歩き、タクシーを拾う。

目的の市村興業まで十分もかからなかった。事務所には電灯が点《つ》いていた。千春はパトロンの会社の前を行きつ戻りつしはじめた。時間潰《つぶ》しだ。

七、八分が流れたころ、市村のオフィスから二十代半《なか》ばの男が現われた。特徴から、堀江恒生と思われる。
「市村さん、すっかりご馳走《ちそう》になりました」

「大丈夫かい、堀江ちゃん。足許が覚束《おぼつか》ない感じじゃないか。酔いが醒《さ》めるまで長椅子《いす》に横になってたほうがいいな」

「平気ですよ。市村さん、また飲みましょう」

「いつでもつき合うよ。それじゃ、気をつけてな」

市村が堀江の肩を叩き、事務所の中に引っ込んだ。

千春は堀江が歩きだした方向を目で確かめると、夜道を大股《おおまた》で進んだ。左手には、シャネルのハンドバッグを提《さ》げていた。

堀江は千鳥足《ちどりあし》でのんびりと歩いている。住宅街に差しかかると、千春は堀江を追い抜いた。次の瞬間、彼女は悲鳴をあげた。

「どうしたの？」

堀江が立ち止まり、そう問いかけてきた。

「なに言ってんのよ。あんた、いま、あたしを抱き竦《すく》めて、キスしようとしたでしょうが！」

「おい、おかしなことを言うなよ。おれは何もしてないじゃないかっ」

「とぼけないでよ。あんたは痴漢行為をした揚句《あげく》、ハンドバッグも引ったくろうとしたじゃないの！」

「そ、そんなことしてないって」

「あんたみたいな男は最低だわ！」

千春は堀江を睨《ね》めつけ、大声で救いを求めはじめた。すると、近くの住民が恐る恐る通りに出てきた。

パジャマ姿の四十年配の男が走り寄ってきた。

「なんの騒ぎなんです？」

「この男が急にあたしに抱きついて、キスしようとしたの。それから、バッグも引ったくろうとしたわ」

千春は堀江を指さしながら、パジャマを着た男に訴えた。

「この娘《こ》は何か誤解してるんです。おれ、何もしてませんよ。いきなり抱きついたりしてないし、バッグにも手を掛けてない」

「言い訳は警察でしなさいよ。あたし、絶対に赦《ゆる》せない。一一〇番してやる」

「冗談じゃない」

堀江が言いながら、小走りに走りだした。だが、逃げ足はのろい。酩酊《めいてい》しているからだろう。

「逃げた奴を取っ捕まえて！」

千春は、パジャマ姿の男の片腕を揺さぶった。すぐに相手はダッシュし、堀江に組みついた。

二人は縺《もつ》れ合って路上に倒れた。すかさずパジャマを着た男が、堀江を押さえ込んだ。すかさず数人の野次馬《やじうま》が二人を取り囲んだ。

「いま、一一〇番通報するから、引ったくり犯を取り押さえててくださいね」

千春は大声で言い、スマートフォンを使う真似《まね》をした。

「おい、もう観念しろ！　おまえは痴漢行為をしただけじゃなく、ハンドバッグもかっさらおうとしたんだ。交番で説諭《せつゆ》されるだけじゃ済まないぞ」

パジャマ姿の男が堀江に言った。

「おれ、おかしなことは何もしてませんよ」

「あんた、独身なのか？」

「いや、結婚してます。来月、赤ん坊が生まれるんです」

「奥さんがいるのに、破廉恥《はれんち》なことをしたのか。呆《あき》れた奴だ。あんたのことがマスコミで報道されたら、離婚を迫られるかもしれないな」

「おれは無実なんです。信じてください」

「往生際が悪いぞ」

「言いがかりをつけた女は、きっと頭がおかしいんだ。被害者は、こっちなんです」

堀江が悲痛な声で叫んだ。

──なんかかわいそうになってきたな。でも、事実を教えたら、あたしが交番に突き出されるかもしれない。このまま、ばっくれてよう。

千春は夜道に立ち尽くしつづけた。

それから間もなく、市村が近づいてきた。わずかに片脚を引きずっていたが、歩幅は大きかった。

「あたし、ちゃんと芝居を打ったよ」

「なかなかの名演技だったよ。物陰から、ずっと見てたんだ」

「そう。ね、もう消えてもいいんでしょ?」

「ああ、いいとも。近いうちに約束の金を渡すよ。後《あと》は、おれがうまくやる」

「連絡を待ってるわ」

千春は小声で言い、足早に歩きはじめた。

3

堀江が呻《うめ》いた。

パジャマ姿の男は、堀江の利き腕を捩《ねじ》上げていた。野次馬《やじうま》は男ばかりだ。四人だった。一様《いちよう》に堀江を睨《にら》みつけている。

「いったい何があったんです?」

市村一輝は人垣に接近しながら、パジャマを着た男に問いかけた。石橋《いしばし》という名で、大手家電メーカーに勤めているはずだ。

「やあ、社長。こいつは痴漢で、引ったくり犯なんですよ」

「被害者はどこにいるんです?」

「そのあたりにいるはずです」

石橋が視線を泳がせ、すぐに首を傾《かし》げた。

「見当たらないな、被害者らしい女は」

「そうですね。ハンドバッグを奪《と》られたわけじゃないから、パトカーが来る前に姿をくらましたんでしょ。警察官の事情聴取は煩《わずら》わしいですからね」

「市村さん、おれは無実なんです」

　堀江が会話に割り込んだ。

「あれっ、堀江ちゃんじゃないか。そっちが夜道で通りかかった女にいかがわしいことをして、ハンドバッグを引ったくろうとしたの⁉」

「濡衣《ぬれぎぬ》なんですよ。いなくなった女は、頭がまともじゃないんだ。市村さん、おれが痴漢行為をすると思います？」

「いや、思わないね」

「だったら、おれを救《たす》けてください。ここにいる人たちは、おれをお巡りに引き渡す気でいるんです」

「そうみたいだな」

　市村はいったん言葉を切って、石橋に顔を向けた。

「彼は、わたしの飲み友達なんですよ。どう考えても、痴漢めいたことをして、ハンドバッグを奪《と》ろうとしたとは思えませんね」

「しかし、消えた女性はそう言って、わたしに救いを求めてきたんだ」

「それが事実なら、なぜ被害者は姿をくらましたんです？　パトカーが駆けつけたら、自分が嘘《うそ》をついたことがバレちゃうから逃げたんじゃないのかな」

「そうなんだろうか」

「パトカーが到着したら、みなさんも面倒な事情聴取を受けることになりますよ。わたしの飲み友達が濡衣を着せられたことがはっきりしたら、石橋さんは名誉毀損《きそん》で告訴されるかもしれないな」

「えっ」

「あなただけじゃなく、堀江君を取り押さえた方たちも……」

「消えた女性の話を鵜《う》呑《の》みにしたのは、まずかったかな」

「と思います」

「ちょっと軽率《けいそつ》でした。ごめんなさい」

石橋が堀江に謝罪し、そそくさと自分の家に引っ込んだ。ほかの三人も、それぞれ慌《あわ》てて自宅に駆け戻った。

「市村さん、ありがとう。おかげで、妙《みょう》な疑いが晴れましたよ」

「堀江ちゃんも、悪い女に引っかかっちゃったな」

「悪い女？」

堀江が訊《き》き返した。

「外の騒ぎを聞きつけて事務所を出たら、二十三、四の女が憮然《ぶぜん》とした顔で路上に突っ立ってたんだ。そのとき、おれは全身が竦《すく》んだよ」

「どうしてなんです？」

「おれを罠に嵌めた女恐喝屋《おんなきょうかつや》が目の前に立ってたからさ。あれは半年ぐらい前のことだった。歌舞伎町のお見合いパブで消えた女と知り合ったんだが、おれは誘われるままに彼女のマンションに従《つ》いていったんだよ」

「それで？」

「女が積極的に自分の部屋に行きずりの男を引っ張り込んだのは、抱かれてもいいって思ってると判断したわけさ。それで、おれは彼女をベッドに押し倒して、衣服を脱がせたんだよ」

「相手の反応は、どうだったんです？」

「まったく抵抗しなかった。それどころか、自分でスカートのフックを外したんだ。で、おれも素っ裸になって、女の上にのしかかったんだよ。ちょうどそのとき、ひと目でヤー公とわかる男が部屋に入ってきたんだ」

　市村は、もっともらしく言った。むろん、作り話だ。

「美人局《つつもたせ》に引っかかっちゃったんですね？」

「そうなんだ。女とつるんでた男は、関東桜仁《おうじん》会の準幹部だったんだよ。結局、おれは女とナニしたわけでもないのに、三百万円も脅し取られちまった」

「ひどい目に遭《あ》いましたね」

「ああ。あんまり癪《しゃく》だったんで、おれは罠を仕掛けた女のことを密《ひそ》かに調べてみたんだ。それで、相手がヤー公やブラックジャーナリストと共謀して強請《ゆすり》をやってる女恐喝屋だってことがわかったんだよ」

「怖《こわ》い女だな」

「そうだね。彼女は何か目的があって、堀江ちゃんをカモにしようと思ってたんだろうな」

「市村さん、ちょっと待ってください。おれは失業者だし、親父《おやじ》だって金持ちじゃありません。そんなおれを罠に嵌めたって、銭《ぜに》にはならないでしょう？」

「松山にいる奥さんの父親は、鉄工所の社長だという話だったよね？」

「ええ、そうです。しかし、鉄工所経営といっても、町工場に毛が生えた程度なんですよ」

「それでも、勤め人よりは稼ぎがいいはずだ。女恐喝屋は、堀江ちゃんの義父から口止め料をせしめる気でいるんだろうな」

「おかしなことを言った女は、密かにおれのことを調べ上げてたんですかね」

「多分、そうなんだろう」

「女房の父親に迷惑をかけるわけにはいかない。そんなことになったら、おそらく律子と別れさせられてしまう。もともと女房の両親は、娘がおれと結婚することに反対してたんですよ」

「そうなのか」

「市村さん、女恐喝屋のことをできるだけ詳しく教えてください。おれ、脅迫される前に警察に相談に行きます。女の名前は？」

「おれには、千春という下の名しか教えてくれなかったんだ。しかし、それは偽名だと思うよ。悪さするのに本名を口にする馬鹿はいないだろうからな」

「ええ、そうでしょうね。市村さんが誘い込まれたマンションは、どこにあったんです？」

「高田馬場《たかだのばば》だよ。でも、もう女恐喝屋はそのマンションには住んでいない。美人局で痛い目に遭ったおれが彼女のことをいろいろ嗅《か》ぎ回ったんで、急にどこかに引っ越しちゃったんだ。転居先はわからないんだよ」

「そうなんですか」

　堀江の声が沈んだ。

「罠を仕掛けた女の名前や住所もわからないんじゃ、警察も動きようがない」

「確かに、そうですね。おれは、どうすればいいんだ⁉　市村さん、何かいい知恵はありませんか？」

「道端で立ち話もなんだから、ひとまず事務所に戻ろうや」

市村はそう言い、ふたたび堀江を自分のオフィスに連れ込んだ。二人は応接ソファに腰かけた。向かい合う形だった。

「若い時分、おれもやんちゃをやってたんだよ。昔の遊び仲間の中には、組長になってる奴もいる。そういう奴の力を借りれば、女恐喝屋の正体も突きとめることは可能だと思う。もちろん、脅迫をやめさせることもできるはずだよ」

「誰かやくざ者を紹介してもらえます？」

「それはいつでも紹介してやれるが、堀江ちゃん、連中を動かすにはそれなりに金がかかるものなんだ。たとえば、一億円の債権の取り立てを引き受けた場合、成功報酬《ほうしゅう》は折半《オレ》で五千万も取ってる。ちょっとした揉《も》め事の仲裁でも、一千万は包まないと、まず動かないだろう」

「そんな大金は、とても都合《つごう》つけられないな」

「確かに、一千万は大金だ。しかし、何か手を打たないと、女恐喝屋は堀江ちゃんの義理の父親を丸裸にしちゃうだろうな。現金、車、不動産をそっくりぶんどって、さらに堀江ちゃんの奥さんを性風俗の店に売り飛ばすかもしれない」

「そ、そこまでやりますか⁉」

「やるだろうね。アンダーグラウンドで生きてる奴らは人生を棄《す》ててるから、とことんアナーキーになれるからな。警察も恐れてない」

「まいったなあ。このままじゃ、おれの人生は破滅です。女房の実家にも、大変な迷惑をかけることになってしまう」

「堀江ちゃんの力になってやりたいが、おれも他人《ひと》に回してやれる金は持ってないんだ。そこで相談なんだが、さっき冗談めかして言ったことを本気で考えてみてくれないか」

「この事務所に放火してくれって話ですね？」

「そう。おれも借金だらけで、首が回らない状態なんだよ。街金《まちきん》から借りた運転資金だけでも、三千万円近いんだ。五千万円の火災保険金が入れば、そっちに二千万の謝礼を払っても、街金の借りはきれいにできる。ここが全焼したら、土地を処分するつもりなんだ。メガバンクと地銀《ちぎん》がそれぞれ抵当権を設定してるから、おれの手許《てもと》には数千万しか残らないと思うけど、それで再生したいんだよ」

「しかし、放火の罪は重いでしょ？」

「発覚しないよう、うまく火を点ければいいんだよ」

「だけど、いくらなんでも放火は……」

「奥さんと義理の両親が女恐喝屋に喰《く》われちまってもいいのかい？」

市村はぞんざいに言って、胸元をわざとはだけた。刺青《いれずみ》の一部が堀江の目に映ったはずだ。

「市村さん、彫《ほ》りものを入れてたのか⁉」

「若いころに面白半分に墨《すみ》を入れたんだ。といっても、どこかの組の盃《さかずき》を貰ってたわけじゃない。元ヤー公ってわけじゃないから、あんまりビビらないでくれ。おれたちは、飲み友達なんだからさ。そうだろ、堀江ちゃん？」

「は、はい」

「やだな、声が震えてるぜ。体に刺青しょってるけどさ、おれは堅気《かたぎ》だよ。真っ当な市民を脅したりしないって。ましてや堀江ちゃんは親しい飲み友達なんだからさ、汚いことはしないよ」

「ええ、それは……」

「ただ、おれたちはどっちも切羽《せっぱ》詰まってる。おれだって、街金に金利分も滞《とどこお》らせてるから、いつ半殺しにされるかわからない。堀江ちゃん、お互いに肚《はら》を括《くく》ろうや」

「そう言われてもね」

「損保会社は儲かってるはずだ。放火で保険金を詐取《さしゅ》するのはいいことじゃないけどさ、五千万ぐらい客に余計に払ったところで、会社の屋台骨《やたいぼね》が揺らぐわけはない。な、そうだろう？」

「それは、そうだと思います」

「だったらさ、何も迷うことはないじゃないか。二千万あれば、そっちは女恐喝屋を追い払えるんだぜ。武闘派やくざを紹介してやるから、そいつにたっぷり痛めつけてもらおうや」

「市村さん、何か別な方法はありませんか？」

「残念ながら、ほかに妙案《みょうあん》はないな」

「まいったなあ」

「どうしても気が進まないんだったら、別に無理強《じ》いはしないよ。その代わり、堀江ちゃんは骨までしゃぶられることになるだろうな。女恐喝屋の仲間に内臓を抜かれるかもしれないぞ」

「えっ」

「奥さんも乳呑《ちの》み児《ご》を抱えながら、売春させられるだろう。義理の両親は何もかも失って、路上で暮らすことになりそうだな。プライドが邪魔してホームレスにはなれない場合は、夫婦で心中するほかないだろう」

「そんなことはさせたくない」

「保険契約者のおれがオフィスに火を放ったら、保険金は下《お》りなくなる。しかし、放火犯が第三者なら、五千万はすんなりと払ってもらえるはずだ。それによって、おれ自身だけじゃなく、堀江ちゃんも救われるんだぜ」

「ええ、それはわかりますけどね」

「ほかに救われる途《みち》があるんだったら、好きにしなよ」

「やります。おれ、やりますよ」

堀江がやっと意を決した。

「男は度胸だぜ。事務所の奥にポリタンク入りの灯油がある。そいつを床に撒《ま》いて、火の点いた煙草を落としてくれよ。そうすれば、あっという間に炎が高く躍《おど》り上がるだろう」

「すぐに放火してもいいのかな?」

「それは、まずい。おれはアリバイを作る必要があるからな」

「そうか、そうですよね」

「いまから、一時間後に火を点けてくれないか」

市村は左手首のロレックスに目をやった。午後十時半だった。堀江も自分の腕時計を見た。

「十一時半に決行すればいいんですね?」

「ああ。放火するときは、すべての電灯を消してくれ。おれは歌舞伎町の酒場で飲んでる」

市村は堀江に事務所の鍵《かぎ》を手渡し、おもむろに腰を上げた。

急ぎ足で表通りまで歩き、空車を拾う。風林《ふうりん》会館の斜め裏に、行きつけの熟女パブがある。

一番若いホステスは二十八歳だった。最年長者は五十四歳である。ママは六十三歳だった。年増ホステスたちは水商売歴が長く、誰も酸《す》いも甘いも嚙《か》み分けられる。世間や人間に疎《うと》い若いホステスたちと違って、ずっと話が面白い。際《きわ》どい猥談《わいだん》にも応じてくれる。

市村は飲食店ビルの前でタクシーを降り、三階の熟女パブ『パッション』に入った。テーブルは、ちょうど十卓ある。団塊《だんかい》の世代の常連客が四十代のホステス二人を相手に全共闘運動のことを熱っぽく語っていた。彼は電力会社の役員だという話だ。

市村はその男に目で挨拶《あいさつ》し、奥の席に坐った。狸顔《たぬきがお》のママが愛想笑いをして、挨拶にやってきた。

「いらっしゃいませ。福の神がおいでになったんで、ほっとしたわ。なぜか今夜は閑《ひま》で、頭を抱えてたのよ」

「お茶挽《ひ》いてるホステスさんを全員、おれの席に呼んでよ。今夜は大いに飲みたいんだ」

「わたしに隠れて、また若い愛人をこさえたんでしょ？　昔はわたしのツバメだったくせに、生意気《なまいき》よ。女はね、いくつになっても嫉妬《しっと》深いんだから、浮気するなら、もっとうまくやって」

「あんまり苦労させると、上の毛も下の毛も真っ白になっちまうか」

「失礼ね。まだ胡麻塩《ごましお》よ」

「そいつは中途半端だな。もっと浮気をして、早く真っ白にさせてやらなきゃね」

市村は軽口をたたいた。

片隅のテーブルに固《かた》まっていた四人のホステスが周《まわ》りを取り囲んだ。三、四十代のベテランばかりだった。市村は四人に好きな飲みものを振る舞い、自分はスコッチ・ウイスキーの水割りを傾けた。銘柄はオールドパーだった。

市村はホステスたちと馬鹿話をしながら、時間を稼いだ。

三十分ほど経《た》つと、先客が帰っていった。市村はママと二人のホステスも自分の席に侍《はべ》らせ、ドリンクを飲ませた。

――もし保険会社の調査員や警察が放火の疑いを持っても、ここにいる七人の女がおれのアリバイを立証してくれる。こっちが堀江に放火を強要した証拠もない。そう遠くないうちに、火災保険金が下りるだろう。

市村は上機嫌でグラスを重ねた。

やがて、十一時半になった。いまごろ、オフィスは炎に包まれているだろう。市村は紫煙《しえん》をゆったりとくゆらせてから、手洗いに立った。

トイレのドアに凭《もた》れて、スマートフォンで堀江に連絡をする。ややあって、堀江が電話に出た。

「やってくれたな?」

「そ、それが……」

「火を点けなかったのか⁉」

「床に灯油を撒いたことは撒いたんですけど、どうしても火を点けることはできなかったんです」

「煙草に火を点けて、油溜《あぶらだ》まりに投げ捨てるだけでいいんだよ」

「怖くて、お、おれにはできません!」

「破滅してもいいんだなっ」

「それは、いやです」

「だったら、火を放つんだ。いいな？」

「市村さん、勘弁してください。何か別の方法で、まとまった金を調達しましょう」

「なんてこった」

「おれ、床をきれいにしますから、放火はやめましょうよ。子供のころ、おれ、近所のおじさんが灯油を被《かぶ》って原っぱで焼身自殺したとこを見ちゃったんです。そのことを思い出して、どうしても煙草に火を点けることができなかったんです」

「意気地がねえな。わかったよ。何か別の方法を考えらあ」

市村は電話を切り、すぐに千春のスマートフォンを鳴らした。

「もう手切れ金の都合がついたの？」

「慌《あわ》てんなって。そっちが堀江をうまく陥《おとしい》れてくれたとこまではよかったんだが、あいつ、おれの命令に従わなかったんだ。だから、別の手を使うことにしたんだよ」

「そうなの。だいたい堀江って彼に何をやらせるつもりだったわけ？」

千春が言った。

「そいつは言えねえな。女ってのは、どいつも口が軽いからね」

「あたし、共犯者みたいなもんじゃないの。だから、余計なことは誰にも言わないわよ」

「ま、いいじゃねえか。それよりも堀江のスマホのナンバーを教えるから、あいつに脅迫電話をかけてくれや」

「脅迫電話？」

「そう。バックにヤー公がいる振りをして、引ったくりの件を警察や女房に知られたくなかったら、三千万の口止め料を用意しろって脅してほしいんだ」

「なんか気が重いな。だってさ、堀江って彼、なんとなく人が好《よ》さそうじゃない？」

「堀江に同情するんだったら、一千万の手切れ金はやらないぞ」

「パパ、汚いわよ」

「なんとでも言え。千春、一千万円はいらないんだな？」

「手切れ金は欲しいわよ、やっぱり」

「それだったら、堀江が縮み上がるほど脅してくれ」

「わかったわ。あたし、言われた通りにする」

「いい子だ。奴に電話をするときは、必ず公衆電話を使ってくれ」

「公衆電話？」

「そうだ。スマホを使うと、足がつきやすいからな」

「公衆電話、めっきり少なくなってるのよね。探すのに苦労しそうだな」

「ぼやいてないで、メモの用意をしろ」

市村は一拍おいてから、堀江のスマートフォンの番号をゆっくりと伝えはじめた。

4

脈がなさそうだ。

堀江恒生はそう直感して、肩を落とした。二人の面接担当者は、どこか上《うわ》の空だった。

五十年配の男は堀江の履歴書に目をやりながらも、生欠伸《なまあくび》を噛み殺している。もうひとりの四十男は、ぼんやりと窓の外を眺《なが》めていた。

渋谷《しぶや》区内にある中堅建材メーカーの本社の会議室である。市村に放火を唆《そそのか》されたのは三日前だ。

「大学を中退してから、しばらくフリーターをやってたようだね」

年嵩《としかさ》の男が言った。

「はい」

「何かめざしてたの？　たとえば、弁護士になりたくて司法試験にチャレンジしてたとか」

「いいえ。自分の生き方を模索《もさく》していたのです」

「そんなことは大学に通いながらでも、できたんじゃないの？」

「ええ、まあ。しかし、自分を崖《がけ》っぷちに立たせて、真剣に自分を見つめ直してみたかったんですよ」

「それで、食品加工会社に入社したわけか。しかし、途中で退社してしまった。その理由《わけ》を教えてもらえるかな」

「それは……」

「リストラ退職だったんではないの？」

「前の会社が倒産してしまったら、多くの同僚たちが路頭に迷うことになると考えて、若手のわたしは早期退職する気になったわけです」

「きみは優しいんだね。自分のことよりも、他人のことを先に考えるのか。そうした思い遣《や》りは大事だが、営業職向きではないな」

「ビジネス面での競争心はあります。必ずご満足いただける仕事をします。ですから、どうか使ってみてください」

　堀江は無駄と知りつつ、自分を売り込んだ。

「採否《さいひ》の通知は一週間以内に届くようにしましょう」

四十代と思われる男が言った。

「雇っていただけるのでしたら、希望給与額を一万円ぐらい下げてもかまいません」

「追って結果をお伝えしますよ。きょうは、ご苦労さまでした」

「よろしくお願いします」

堀江は椅子から立ち上がって、二人の面接担当者に深々と頭を下げた。顔を上げると、どちらも机の上の書類に視線を落としていた。

堀江は会議室を出て、エレベーターに乗り込んだ。七階だった。本社ビルを出ると、堀江はすぐにネクタイの結び目を緩《ゆる》めた。それでも、まだ暑い。

堀江は歩きながら、上着も脱いだ。午後二時を回っていた。まだ梅雨は明けていないが、陽射《ひざ》しは強烈だった。

最寄《もよ》りの恵比寿《えびす》駅に向かっていると、小脇に抱えた上着のポケットでスマートフォンが着信した。

堀江は歩《ほ》を進めながら、スマートフォンを摑み出した。ディスプレイを見ると、公衆電話と表示されていた。

堀江は日陰にたたずみ、スマートフォンを耳に当てた。

「三日前の晩、あんたにキスされそうになった女よ。知らないとは言わせないわよっ」

「おれのスマホの番号、よくわかったな」

「あんたのことをいろいろ調べたのよ。名前は堀江恒生で、二十六歳ね。目下《もっか》、失業中なんでしょ？　奥さんは四国の実家に帰ってるみたいね」

「用件を言ってくれ」

「あんたの犯罪行為には、目をつぶってやるわ。その代わり、あたしに三千万円の口止め料を払って。あんたはあたしの唇を奪おうとして、さらにハンドバッグを引ったくろうとしたんだから」

「おれは、そんなことしてない。天地神明《てんちしんめい》に誓ってもいいよ」

「そんなふうにシラを切るつもりなら、怕《こわ》い代理人を差し向けるわよ。あたしね、ある組の幹部の情婦《おんな》なの。その彼にあんたのやったことを話したら、ものすごく怒ったわ。撃ち殺してやると言いだしたのよ。あたしの彼氏はね、抗争で二人の男を殺してるの。あんた、殺されたくないでしょ？」

「おれは雇用保険で喰いつないでるんだ。とても三千万円なんか工面《くめん》できないよ。それ以前に、脅迫されるようなことはやってない。それなのに、強請《ゆす》られるなんて、あまりにも理不尽だよ」

「自分は潔白《けっぱく》だって言うんだったら、警察に泣きつけば？　あたしは少しも困らないわよ。でも、あんたが警察に駆け込んだら、あたしの彼氏は黙っちゃいないと思う」

「黙っちゃいない？」

「ええ、そう。彼氏はあんたを半殺しにして、小指《エンコ》を落とせって言うでしょう。それから、あんたの奥さんの実家に乗り込んで、破滅に追い込むわね。きっと奥さんは売春をさせられるわ。その前に、彼氏の舎弟たちに輪姦《マワ》されちゃうでしょうね。そのショックで早産した赤ん坊はドブに投げ込まれるんじゃないかな」

「そっちの正体はわかってる。知り合いが教えてくれたんだ。そっちは、やくざやブラックジャーナリストと結託《けったく》して恐喝をやってるんだろ？」

「誰がそんなでたらめを言ってるのよ。そいつの名前は？」

相手の狼狽《ろうばい》が伝わってきた。

「女恐喝屋にしては、ちょっと迂闊《うかつ》だったな」

「どういう意味よっ」

「おれは、そっちとの会話を最初から録音してたんだ」

堀江は、とっさにはったり《ブラフ》を口にした。

「ほ、ほんとなの⁉」

「ああ。おれが録音した音声を警察関係者に聴《き》かせたら、そっちは恐喝未遂容疑で逮捕されるんだぞ。その覚悟はできてるのかっ」

「好きにしなさいよ。こっちだって、おとなしくしてないからね。あんたはもちろん、奥さんや義理の父母もめちゃくちゃにしてやるわ」

脅迫者が凄《すご》んで、通話を切り上げた。

会話をこっそり録音したという嘘がどこまで通用するか。いずれブラフだったと看破《かんぱ》されてしまうかもしれない。そうなったら、自分だけではなく、妻や義理の両親まで危害を加えられることになるだろう。それだけは避けたい。

堀江は不安にさいなまれはじめた。ふたたび歩きだして間《ま》もなく、今度は市村から電話がかかってきた。

「午後四時までに、おれのオフィスに来てくれないか。うちで解体工をやってる神崎《かんざき》　毅《たけし》って若い奴と組んで、堀江ちゃんにやってもらいたいことがあるんだ」

「おれに何をやれと言うんです？」

「こっちに来たら、詳しく話してやるよ。もし逃げたら、放火未遂容疑で手錠《ワッパ》打たれることになるぜ」

「市村さん、それはないでしょ？」

「女恐喝屋のバックにいる男に破滅に追い込まれてもいいのかい?」

「それは困ります」

「だったら、おれに逆《さか》らわないことだな」

「わ、わかりました」

堀江は泣きたい気持ちだった。スマートフォンを上着の内ポケットに戻し、JR恵比寿駅に急ぐ。

堀江は山手《やまのて》線に乗り高田馬場駅で、西武新宿線に乗り換えた。新井薬師前駅に着いたのは、三時十分過ぎだった。まだ昼食を摂《と》っていない。堀江は駅前のラーメン屋で冷やし中華を掻《か》っ込んでから、市村興業に向かった。

事務所に入ると、市村はアロハシャツを羽織《はお》った茶髪《ちゃぱつ》の若い男と談笑していた。それが神崎だった。

いかにも凶暴そうな面構《つらがま》えだ。元暴走族のリーダーとかで、ふてぶてしい。二十一歳だというが、三つ四つ老けて見える。

「堀江ちゃん、神崎の横に坐ってくれ」

市村が言った。堀江は小さくうなずいて、神崎のかたわらに腰かけた。

「もう神崎には話したんだが、今夜、二人で仙台行きの高速バスを乗っ取って、運転手と乗客全員を人質に取ってほしいんだ」

「おれたちにバスジャックをやれというんですか⁉」

「そうだ。堀江ちゃんたちが人質を確保したら、おれはバス会社の本社に三億円の身代金を要求する。おれの協力者が身代金を受け取ったら、チャーターしたヘリコプターで二人を救出しに行くよ。堀江ちゃんたちは人質を楯《たて》にしながら、バスを降りるんだ。警察の奴らは手を出せないだろう」

「市村さん、待ってください。悪いけど、おれは協力できません」

「いい加減に肚《はら》を括《くく》れや。バスジャックをやらなきゃ、奥さんのでっかい腹を刃物で掻《か》っ捌《さば》いて、胎児を引きずり出すことになるぜ」

「い、市村さん！」

「おれたちの取り分は七千万円ずつだってさ」

神崎が口を挟んだ。

「報酬は悪くないが……」

「あんた、度胸がねえな。七千万も貰えるんだから、覚悟決めろや」

「しかしね」

「煮え切らねえ奴だな。社長、こんな奴と組んだら、失敗《ドジ》踏んじまうよ。相棒を変えてほしいな」

「神崎、おまえは頭《ペテン》が悪いな。相棒がおまえみたいに単細胞《マルタン》で短気な奴だったら、暴走しちまうに決まってる。だから、元サラリーマンの堀江ちゃんと組ませたいんだよ。実行犯の二人が荒っぽいと、バスジャックはうまくいかないだろうからな。こっちの目的は、三億円の身代金をいただくことなんだ。乗客はビビらせるだけでいい」

「わかったよ」

「おれは堀江ちゃんに電話で指示を与える。神崎、おまえは助手として動いてくれ」

「なんか面白くねえな。けど、助手でも分け前は変わらねえんだったら、そのほうが楽だ。それでいいよ」

「損得計算だけは早いな」

市村が神崎をからかって、コーヒーテーブルの上で東北全図を拡《ひろ》げた。

「二人には、東京駅八重洲《やえす》南口を午後六時十分に発車する『新みちのく交通』の夜行便『ナイトドリーム号』に乗ってもらう。すでに偽名で予約済みだ。少し時間をずらしてバスに乗り込んで、神崎は運転席に近いシートに坐ってくれ」

「オーケー」

「堀江ちゃんは、後部座席に腰かけるんだ。二人で乗客をサンドイッチにしながら、東北自動車道の白河《しらかわ》ＩＣ《インターチェンジ》までは動くな。ＩＣを通過したら、神崎は運転手の首筋にナイフを押し当てる。堀江ちゃんは刃物で威嚇《いかく》しながら、乗客たちのスマホ、運転免許証、身分証明書なんかを集め回る。それから高速バスを阿武隈《あぶくま》ＰＡ《パーキングエリア》に入れさせ、窓はカーテンで閉ざしてしまう」

「市村さん……」

　堀江は、目で哀願した。

「もう諦《あきら》めろ！　また泣き言《ごと》を言ったら、そっちの腸《はらわた》を抉《えぐ》るぜ」

「え？」

「これで刺すって言ってんだよっ」

　市村が声を荒《あら》らげ、ナイフを地図に突き立てた。堀江は怯《おび》えに取り憑《つ》かれた。

「これ以上、おれを怒らせねえでくれや。な、堀江ちゃん？」

「は、はい」

「二人は阿武隈ＰＡで待機しててくれ。協力者が身代金を受け取ったら、すぐヘリで救出に向かうよ」

　市村がそう言って、足許から黒いディーパックを二つ掴み上げた。

「社長、それは何なの？」

「中身はナイフ、フェイスキャップ、麻縄だ。行動開始直前に二人ともフェイスキャップで顔面を隠したほうがいいだろう」

「そうだね」

「激しく抵抗する乗客がいたら、両手を麻縄で縛《しば》っちまえ」

「オーケー。社長、乗客の人数は？」

「バス会社の予約係にそれとなく探《さぐ》りを入れてみたんだが、正確な人数は教えてくれなかったんだ。ふだんは三十数人だって話だったから、おそらく『ナイトドリーム号』の乗客はそれほど多くないんだろう」

「なら、別に不安はないよ」

「神崎は中村一郎《なかむらいちろう》って名で予約しておいた。堀江ちゃんは鈴木正《すずきただし》だ。どっちもありふれた姓名だから、憶《おぼ》えやすいだろ？」

「そうだね」

神崎がディーパックを手に取って、中身を検《あらた》めた。

市村が堀江を見ながら、黙って顎《あご》をしゃくった。堀江は神崎に倣《なら》った。ナイフは革鞘《かわざや》に収まっていた。

「刃渡り十四センチのナイフだ」

市村が言った。だが、堀江はナイフを引き抜く気にはなれなかった。

神崎は革鞘を払い、刀身を舐《な》めて、にやりとした。無気味だった。

「乗客を傷つけるなよ」

市村が神崎に言った。

「わかってるって。でもさ、おれたちの命令に背《そむ》く乗客がいたら、おとなしくさせるために軽く刺してもいいんでしょ？」

「そういう場合は仕方ねえな。でも、急所は外せよ」

「オーケー、オーケー！」

神崎がナイフを革鞘に収め、刃物をディーパックの中に戻した。

「少し早いが、おれがレンタカーで東京駅八重洲南口まで送ってやる」

市村が言って、すっくと立ち上がった。堀江たちも腰を浮かせた。

レンタカーは、灰色のプリウスだった。神崎は助手席に坐った。堀江はリア・シートに腰かけた。

「きっとうまくいくよ。二人とも冷静にバスジャックしてくれ」

市村がそう言い、プリウスを走らせはじめた。

目的地に着いたのは、午後五時二十分ごろだった。市村はレンタカーを高速バスの発着所から少し離れた場所に停《と》めた。

まだ『ナイトドリーム号』は見えない。三人は、レンタカーの中で時間を遣《や》り過ごした。夕闇《ゆうやみ》は淡い。

発着所に『ナイトドリーム号』が横づけされたのは、五時五十分ごろだった。トイレ付きの高速バスはワインレッドとベージュに塗り分けられていた。

堀江は市村に促《うなが》され、先にレンタカーを降りた。偽名のまま、『ナイトドリーム号』に乗り込む。ちょうど六時だった。

中年男性と若い女性の二人しか乗り込んでいない。堀江は最後尾のシートに腰かけ、デイーパックを膝《ひざ》の上に置いた。

飛び飛びに乗客が車内に入ってくる。堀江は目で人数を数えた。男七人、女六人だった。

三十代後半の運転手が所定の位置に腰を落とした。名札には、増渕充《ますぶちまこと》と記《しる》されている。

増渕が案内のアナウンスをはじめたとき、神崎があたふたと高速バスに乗り込んできた。柄の悪い解体工は、運転台の斜め後ろに坐った。

『ナイトドリーム号』は定刻に発車した。

浦和《うらわ》ICに差しかかる前に、星が瞬《またた》きはじめた。高速バスは東北自動車道をひた走りに走った。栃木ICを通過したころから、堀江は強い尿意を覚えた。トイレに入って、用を足した。緊張で便意も催《もよお》したが、堪《こら》えて自分の座席に戻る。

——増渕って運転手に協力してもらって、神崎を取り押さえれば、バスジャックは未然に防げそうだ。しかし、そうしたら、おれ自身は当然、律子や彼女の両親も怕《こわ》い目に遭う。ここまで来たら、もうどうすることもできない。市村に言われた通りにするしかないな。

堀江は疚《やま》しさを感じつつも、良心を捩伏《ねじふ》せた。バスがエンジントラブルに見舞われることを密かに願ったが、それは虚《むな》しかった。

『ナイトドリーム号』は快調に走り、やがて白河ICを通過した。

それから間もなく、神崎の後頭部が徐々に下がった。じきに背凭《せもた》れの向こうに隠れた。フェイスキャップを被《かぶ》っているのだろう。

堀江は上体を低くして、ディーパックから黒い目出し帽を抓《つま》み出した。手早くフェイスキャップで顔面を覆《おお》い、ナイフを革鞘ごと握る。

ちょうどそのとき、神崎がシートから離れた。数秒後には、運転手の増渕の首に刃物を寄り添わせていた。

「このバスは、おれたち二人が乗っ取った。みんな、おとなしくしてな。騒ぎたてやがったら、運ちゃんを刺すぜ」

神崎が大声で喚《わめ》いた。

堀江は通路に躍《おど》り出て、刃物を高く翳《かざ》した。女の乗客が悲鳴をあげた。

「このディーパックの中に、スマホ、運転免許証、身分証明書なんかを入れてもらいたい」

堀江は震え声で言いながら、乗客たちの顔を順番に見た。十三人の乗客は互いに顔を見合わせていたが、命令に従った。堀江のディーパックは重たくなった。

「乗客のみなさま、このバスは次の阿武隈ＰＡに緊急停止をいたします。しかし、車内に留《とど》まってください。バスジャック犯は人質に危害を加える気はないようですから、どうか冷静になってください」

増渕運転手がマイクを使って、乗客に訴えた。

そのとき、中ほどの席にいる二十一、二歳の女が泣きだした。堀江は少し前に彼女の学生証を見ていた。東日本女子大文学部三年生の伊吹麻里だ。

堀江は麻里の席に近づいた。

「おれたちは刃物を持ってるが、人質を傷つけたりしないよ。だから、そんなに怯《おび》えるなって」

「でも……」

「もう泣くなよ」

「は、はい」

麻里がハンカチで目頭《めがしら》を押さえた。

ほどなくバスは阿武隈ＰＡに入り、パーキングエリアのほぼ真ん中に停止した。堀江は膨らんだディーパックを自分の席の上に置くと、窓のカーテンを滑らせた。人質にも手伝わせ、ことごとく窓を閉ざした。

そのすぐ後、市村が堀江のスマートフォンを鳴らした。

「事は順調に運んでるか？」

「少し前にＰＡに入ったとこです。人質は男七人、女六人です。いまのところ、抵抗する者はいません」

「そうか。すぐに『新みちのく交通』に身代金を要求する」

「市村さん……」

「ばかやろう！　おれの名を口にするな。人質に聞かれたんじゃねえのか？」

「その心配はないと思います。ずっと小声で喋《しゃべ》ってますから」

「金が手に入ったら、すぐ二人をヘリで迎えに行く」

「お願いします」

堀江は通話を切り上げた。

そのとき、車内がどよめいた。なんと女子大生の伊吹麻里が神崎の前に立たされていた。上半身はブラジャーだけしか身につけていない。麻里は脱いだブラウスを丸め、うなだれていた。

「おい、何をしてるんだっ」

堀江は神崎を詰《なじ》った。

「退屈だから、ちょっとストリップショーを演じてもらってるんだよ」

「くだらないことはやめろ！」

「リーダー面《づら》するんじゃねえ。あんたは黙っててくれ」

神崎が言って、麻里のブラジャーのフロントホックを外した。麻里が剝《む》き出しになった乳房《ちぶさ》を片腕で隠し、全身で抗《あらが》った。

「いいおっぱいしてるじゃねえか。ちょっと触《さわ》らせろよ」

神崎が左腕を伸ばした。麻里が神崎の左手首に嚙みついた。

「てめーっ」

神崎がいきり立って、アロハシャツの胸ポケットからナイフを取り出し、麻里の顔面を傷つけた。

　麻里が左の頬を押さえて、その場にうずくまった。堀江は麻里に駆け寄った。左手の白い指は鮮血に塗《まみ》れていた。

　堀江は麻里を抱き起こし、近くの座席に腰かけさせた。

「怪我人をすぐに解放してやれ」

　中年男が立ち上がって、神崎に言った。

「てめえ、このおれに命令する気かよっ。ふざけんな」

「きさまは屑《くず》だ！」

「なんだとーっ」

　神崎が逆上し、中年男に走り寄った。そのままナイフを相手の心臓部に突き刺した。

　田丸《たまる》という中年男が短く呻き、シートに頽《くずお》れた。少しの間痙攣《けいれん》していたが、間もなく身じろぎひとつしなくなった。

「殺《や》っちまったよ、おれ」

　神崎は低く呟くと、ナイフを上下に動かした。通路に鮮血の雫《しずく》が散った。

「二人とも、もうやめるんだっ」

　運転手の増渕が叫びながら、勢いよく突進してきた。

堀江は反射的に膝を発条《ばね》にして、肩で増渕を弾《はじ》き返した。増渕は仰向《あおむ》けに引っくり返り、後頭部を運転台のパイプフレームにぶつけた。長く唸《うな》りながら、白目を晒《さら》した。四肢《しし》も震えている。

「すみません。つい力が入ってしまったんです」

堀江は驚いて、増渕に走り寄った。抱き起こしかけたとき、運転手の両腕がだらりと垂れ下がった。増渕は息絶えていた。

――殺す気なんかなかったのに……。

堀江は運転手を床に寝かせ、近くの座席にへたり込んだ。

「あんたも、おれと同罪だな。そっちは傷害致死罪だが、人殺しは人殺しだ。こうなったら、好きなことをしようや」

神崎が言った。

「おれに話しかけるなっ」

「何だよ、おれたちはコンビを組んでるんだぜ。仲良くやろうや」

「あっちに行け！」

堀江はナイフを振り回した。

神崎が肩を竦《すく》め、後ろの席に坐った。それから間もなく、福島県警機動隊の隊員たちに高速バスは包囲されてしまった。

五分ごとに投降を呼びかける声がラウドスピーカーから流れてきた。

「ヘリが来るまで、バスを降りるんじゃねえぞ」

神崎が近づいてきて、命令口調で言った。その右手には、拳銃が握られていた。リボルバーだった。

「お、おまえ、拳銃なんか持ってたのか⁉」

「こいつは密造銃さ。暴走族《ゾク》だったときの仲間に拳銃マニアがいて、そいつがS＆《スミスアンド》W《ウェッソン》696をモデルにして造ったものさ。シリンダーには五発入ってる」

「おれを撃つ気なのか」

「てめえだけ投降しようとしたら、ぶっ放すぜ」

「好きにしろ」

堀江は開き直った。神崎が鼻先で笑い、後ろの席に戻っていった。

それから一時間半が経《た》ったころ、宮代《みやしろ》という四十代のセールスマンがトイレに行かせてくれと神崎に許可を求めた。宮代は大柄で、筋肉も発達していた。学生時代はラグビーか、アメリカンフットボールの選手だったのだろう。

宮代は中ほどの座席を離れ、後部にある手洗いに向かった。彼はトイレのドアを開ける振りをして不意に神崎に組みついた。

神崎は、通路に組み伏せられた。そのすぐ後《あと》、銃声がたてつづけに二度轟《とどろ》いた。

堀江はシートから立ち上がった。宮代が通路に横倒れに転がっていた。銃弾で頭半分が吹き飛ばされていた。

「てめえら、皆殺しにしてやる」

神崎が立ち上がり、天井を撃ち抜いた。

そのとき、車内に催涙ガス弾が三発撃ち込まれた。白いものが漂《ただよ》いはじめた。

堀江は瞳孔《どうこう》に痛みを覚えて、通路にしゃがみ込んだ。瞼《まぶた》を開けられない。むせもした。

重い靴音が接近してきた。

堀江は本能的に逃げようと立ち上がった。そのとき、誰かに利《き》き腕を捩《ねじ》上げられた。ほとんど同時に、手錠を打たれた。

堀江はうろたえながらも、心のどこかで安堵《あんど》していた。

第二章　恩人の怪死

1

記帳を終えた。

八雲健人は面会人名簿を若い女性看護師に返し、ナースステーションから離れた。仙台中央病院の入院病棟の五階だ。

婚約者の妹が自殺を図った翌日の午後一時過ぎだった。八雲は欠勤し、東北新幹線で仙台にやってきたのである。

亜矢にも、ここに来ることは話していなかった。

八雲は清潔な廊下を大股で進んだ。伊吹麻里のいる病室は最も奥にあった。個室だった。八雲は病室の引き戸をノックした。

応対に現われたのは亜矢だった。

「あら、健人さん！　わざわざ妹の見舞いに来てくれたのね」

「ちょっと心配だったんでさ。で、麻里ちゃんの具合は？」

「おかげさまで、胃はさほど荒れてないそうよ。ただ、麻里ったら、罰当《ばちあ》たりなことを言って、家族を困らせてるの」

「なんで死なせてくれなかったんだとでも言ってるのかな？」

「そうなの。父母とわたしが命の尊さを諄々《じゅんじゅん》と説《と》いても、聞く耳を持たないのよ。それでね、さっき妹は母に平手で頬《ほ》っぺを叩《たた》かれたの」

「まだお母さんはいるんだろ？」

「ええ」

「これ、お見舞いなんだ」

八雲は携《たずさ》えてきたフラワーアレンジメントを亜矢に渡し、病室に足を踏み入れた。右側にトイレと浴室があり、奥にベッドが据《す》えられていた。十畳ほどの広さだ。

「あら、八雲さんじゃありませんか」

亜矢の母がパイプ椅子から腰を浮かせた。忍《しのぶ》という名で、五十二歳だった。

八雲は忍に挨拶《あいさつ》し、ベッドに近づいた。すると、麻里が急に寝返りを打った。背を向けられ、八雲は困惑した。

「なんて失礼なことをするの！　八雲さんはわざわざ東京から、お見舞いに来てくださったのよ。向き直って、きちんとお礼を言いなさい」

忍が麻里を叱《しか》りつけた。麻里は黙りこくったままだった。亜矢も妹の不作法を咎《とが》めた。

それでも、麻里は頑《かたく》なに態度を変えようとしない。全身に拒絶反応が漲《みなぎ》っている。

「子供みたいな拗《す》ね方はやめなさいっ」

忍が末の娘を窘《たしな》めた。と、麻里が窓の方を向いたまま小声で呟《つぶや》いた。

「八雲さんだって、失礼だわ。というよりも、無神経よね」

「無神経ですって⁉」

「ええ、そう。わたしは病気で、ここにいるわけじゃないわ。自殺し損《そこ》なって、ここに運ばれてきたのっ。それなのに、ふつうの病気見舞いみたいな気分で、のこのことやって来るなんて、どういう神経してるのかしら？」

「麻里、そういう言い方はないでしょ！」

亜矢が妹を詰《なじ》った。

「お姉ちゃんは八雲さんと婚約してるから、フィアンセの味方をしたいんだろうけど、もっと客観的に考えてみてよ。わたしは本気で死ぬ気だったんだから」

「だからといって……」

「はっきり言うわ。わたし、誰とも会いたくない心境なの。家族とも顔を合わせたくない気持ちなのに、他人とにこやかに話せるわけないでしょっ」

「麻里、よく聞きなさい。あなたが中学生だったら、そういうわがままも赦《ゆる》せるわ。でもね、麻里はもう二十四なのよ。大人としてのマナーやエチケットは知ってるはずでしょ！」

「とにかく、ありがた迷惑なのよ」

麻里がきっぱりと言った。亜矢が険《けわ》しい顔つきになった。

八雲は目顔《めがお》で亜矢をなだめ、努《つと》めて明るく麻里に語りかけた。

「きみの言った通りだ。おれは形式に囚《とら》われて、麻里ちゃんの気持ちを深く考えなかったんだろうな」

「………」

「誰だって、気分が塞《ふさ》いでるときは他人と喋りたくないよな。おれだって、そういうときがある。確かに、おれは無神経だった。ただね、きみに言いたいことがあったんだよ」

「なんなの、それは？」

「人間は、いつか必ず死ぬ。だから、わざわざ死に急ぐことはないじゃないか」

「わかってるわ、そんなこと」

「建康に恵まれた人間が命を粗末にしたら、罰が当たるんじゃないかな」

「偽善臭い説教ね。この世には、劣等感に押し潰《つぶ》されそうになってる人間がいくらでもいるのよ。そんな苦しい思いまでして、生きなきゃならない義務なんかないでしょ？　わたしの命は、わたしのものなんだから」

　麻里が興奮気味に言い募《つの》った。

「その考えは、ちょっと違うな。すべての生き物に言えることだが、生命体というのは別の命を貰《もら》って生かされてるんだよ。だから、自分だけの命と考えるのは思い上がってるな」

「宗教家みたいなことを言わないで。口ではいくらでも理想論やきれいごとを言えるわ。でもね、言い古された譬《たと》えだけど、何かハンディを背負《せお》わされた者の心の痛みは、その本人にしかわからないわ。わたしは三年前の事件でバスジャック犯のひとりにナイフで左の頬を傷つけられてしまった。その後、何度も形成手術を受けたけど、醜《みにく》い引き攣《つ》れは消えなかった」

「いまはリハビリメイクで、たいていの傷痕《きずあと》は隠せるから、そんなに気にすることはないと思うけどな」

忍が会話に割り込んだ。

「母さん、そういう慰《なぐさ》め方がどれだけ惨《むご》いかわからないのっ」

「慰めてるわけじゃないの。わたしは母親として、娘を元気づけてるつもりよ」

「どっちにしても、わたしは自分以外の人間に哀《あわ》れまれることがたまらなく厭《いや》なの。左の頬だけじゃなく、心まで歪《ゆが》んでしまったと思われてもかまわない。とにかく、わたしは顔の傷痕のことで、もう思い煩《わずら》わされたくないのよ。疲れちゃったの」

「麻里ちゃん、何もコンプレックスのない人間なんて、この世にひとりもいないんじゃないのかな。人によって劣等感や引け目の種類は違ってても、誰もがそういうハンディキャップを克服しながら、必死に自分を支《ささ》えてるんだと思うよ」

八雲は言った。

「どうしてそんなきれいごとしか言えないのっ。やっぱり、同じ傷を負った者にしか、わたしの気持ちは理解してもらえないんでしょうね」

「そんなふうに自分を追い込んだら、余計に辛《つら》くなるよ。何事もプラス思考でいくほうが人生を愉《たの》しめるんじゃないのかな」

「もういい！　悪いけど、八雲さん、引き取ってください」

麻里が冷ややかに言って、頭からタオルケットを引っ被《かぶ》ってしまった。忍と亜矢が顔を見合わせ、ほぼ同時にタオルケットを剝《は》ぎそうになった。

八雲はそれを手で制し、大股《おおまた》で病室を出た。すぐに亜矢が追ってくる。

「ナースステーションの横に面会エリアがあるの。そこで待ってて」

「ああ」

八雲は引き戸を静かに閉め、面会エリアに足を向けた。

面会エリアは無人だった。八雲はマガジンラックからグラフ誌を引き抜き、ソファに腰かけた。

亜矢がやってきたのは、およそ十分後だった。涙ぐんでいた。八雲は亜矢をかたわらに坐らせ、優しく話しかけた。

「どうしたんだい？」

「麻里がね、妹が姉妹《しまい》の縁を切りたいと言い出したの」

「なんで？」

「顔に何も傷痕のないわたしを見るたびに、いたずらに容姿コンプレックスが膨らむからだって」

「そう」

「あなたには黙ってたけど、妹は三カ月前に六本木の高石《たかいし》美容クリニックで頰の整形手術を受けたのよ」

「その美容クリニックの院長の高石圭太《けいた》はテレビにもちょくちょく出てるな」

「ええ、そうね。それから、女性向けの週刊誌でも美容相談を受けてるわ。三十七歳らしいけど、まだ独身だとかで、ＯＬや女性タレントの憧《あこが》れの男性みたいよ。それはともかく、腕は一級と言われてる美容整形外科医なんだけど、妹の手術は成功だったとは言えないと思う」

「かえって以前よりも傷痕が目立つようになった？」

「そうなの。だから、麻里は健人さんに顔を見られたくなかったんじゃないかな。引き攣《つ》れが消えることを期待してただけに、妹は強いショックを受けたんでしょうね。退院してからは、ずっと自分の部屋に引きこもってたらしいの。それで夜中に、家にある鏡を全部壊して、剃刀《かみそり》で左手首を切ろうとしたそうなのよ。幸い父が異変に気づいて、リストカットはやめさせることができたんだけど」

「そんなことがあったのか」

「妹は絶望的になって、きのう、精神安定剤を多量に服《の》んでしまったんだと思う」

「かかりつけの精神科医は、どう言ってるんだい？」

「精神科病棟に入院させたら、かえって病状が悪くなる恐れがあるから、カウンセリングと抗《こう》うつ剤をメインにした薬物治療をつづけるべきだと……」

「そうか」

「でも、このままじゃ不安で仕方がないの。いつかまた麻里が自殺を図るような気がしてね」

「無力な自分が呪《のろ》わしいよ。それはそうと、親父《おやじ》さんはどう考えてるのかな？」

「父はアメリカの病院で麻里に再手術を受けさせたがってるんだけど、当の妹がそれを厭がってるの」

亜矢が答えた。彼女の父親は地元テレビ局の筆頭株主で、コンデンサーの製造会社、ホテル、ゴルフ場も経営していた。

「高石美容クリニックには、クレームをつけなかったのか？」

「母が院長の高石圭太に会って、手術結果に満足できないと言ったそうなの。そうしたら、高石院長は三、四カ月したら、引き攣った部分は自然に平《たい》らになるはずだと答えたらしいのよ」

「つまり、手術にミスがあったとは認めなかったわけか」

「そういうことになるわね」

「どうすれば、麻里ちゃんの気持ちを前向きにさせられるんだろうか。恋の力はでかいと思うんだが、彼女につき合ってる男は？」

「事件に巻き込まれる前までは、広告代理店に勤めてる男性と交際してたの。でも、頰に傷を負わされたんで、妹から別れ話を切り出したみたい」

「交際相手はそのまま言いなりになって、遠ざかっていったのか。そうだったとしたら、たいした奴じゃないな。好きな女の顔に傷痕があるからって、心変わりするようじゃ、見込みがないよ」

「ううん、そうじゃないの。彼氏は麻里につまらない引け目を感じるなと叱《しか》って、ずっとつき合っていこうと言ったらしいのよ。だけど、妹のほうが恋情に同情や哀れみが混《ま》じったら、いつか破局が訪れるからと言って、半《なか》ば強引に彼氏と別れたんだって」

「そこで、交際相手は引き下がっちゃったのか？」

「いいえ。彼氏は電話とメールで、妹に懸命に自分の熱い想《おも》いを伝えたみたいよ。だけど、麻里が心を閉《と》ざしつづけたんで、別れる決心をしたみたいね」

「そういうことなら、その男を軽蔑《けいべつ》はできないな」

「ええ、そうね。妹の頰をナイフで傷つけたバスジャック犯の神崎毅が憎いわ」

「神崎は、千葉刑務所で服役中だという話だったね？」

「そうよ。バスの中で乗客の男性を二人も殺害して、妹にも怪我を負わせたんで、長期囚

よな?」
「もうひとりの堀江とかいう犯人はバス運転手を突き倒して、脳挫傷《のうざしょう》で死なせたんだった
ばかりいる千葉刑務所送りになったらしいわ」
八雲は確かめた。
「ええ。堀江恒生は傷害致死罪で二年半の実刑判決を受けて、栃木にある刑務所で服役し
たはずよ。もう仮出所したと思うわ」
「三年前、神崎って奴は車内で麻里ちゃんにストリップを強要したというんだから、野獣
のような奴だな」
「そうね。最悪の場合、妹はバスの中で神崎に体を穢《けが》されてたかもしれないわ。頬をナイ
フで傷つけられただけで済んだわけだから、ある意味では不幸中の幸いだったとも言える
んだけど、当人には……」
「そんなふうには思えないだろうな」
「ええ」
「三年前のバス乗っ取り事件の首謀者《しゅぼうしゃ》として、なんとかって解体業者が指名手配されたん
だが、その後、逮捕されたという話を聞いてないな」
「ええ、そうね。その男は市村一輝という名で、事件から二カ月後に日本を出国してタイ

に渡ったところまで捜査当局は把握《はあく》してるみたいなの。だけど、その後の足取りはわからないらしいのよ」

「いまも国外のどこかに潜伏してるんだろうか」

「多分、そうなんでしょうね」

「身代金の授受《じゆじゆ》について新聞やテレビは一切《いっさい》触《ふ》れなかったが、主犯の市村という奴は『新みちのく交通』から億単位の身代金をせしめて、国外逃亡を図ったんじゃないのかな」

「ええ、おそらくね。首謀者の市村が最も悪いんだろうけど、わたしは個人的には神崎が一番赦《ゆる》せないわ」

「だろうね。いまも麻里ちゃんは立ち直ることができないで、死を考えるほど心理的に追い込まれてるわけだから」

「千葉刑務所に忍び込むことができるんだったら、わたし、神崎を刺身包丁か何かで刺し殺してやりたいわ」

「亜矢の気持ちはわかるよ。もちろん、人殺しはよくないことだが……」

「ええ、そうね。ところで、あなたに相談したいことがあるの」

亜矢が居住《いず》まいを正し、緊張した面持《おもも》ちになった。

「改まって何なんだい？」

「結婚予定日のことなんだけど、半年ぐらい延期してもらえないかしら？　予定通りに秋に挙式したら、妹はもっと姉のわたしを羨《うらや》ましがると思うの。妬《ねた》みさえ感じるかもしれないわ。その分、焦《あせ》りや絶望感を覚えると思うの」

「そうかもしれないな」

「堪《こら》え性《しょう》がなくて自分に甘えすぎてる妹だけど、わたしには大切な家族なの。だから、いま麻里を苦しめるようなことはしたくないのよ」

「わかった。挙式は来年の春まで延ばそう。場合によっては、来年の秋まで待ってもいいよ。とにかく、麻里ちゃんが前向きになってから、結婚しよう」

「健人さん、ありがとう。感謝します」

「他人行儀だな」

「ね、わたしの実家に寄って。母は妹の病室に遅くまでいるけど、わたしはもうじき帰るつもりなの。何か手料理をこしらえるから、父を交《ま》じえて夕食を一緒に摂《と》りましょうよ」

「そうしたいとこなんだが、東京にトンボ返りしなきゃならないんだ」

「香港《ホンコン》か韓国にフィルムの買い付けに行くの？」

「いや、仕事じゃないんだ。大学の先輩の九鬼さんを亜矢に紹介したことがあったよな？」

「ええ。一度だけ三人で食事をしたことがあるわ」

「そうだったな」

「九鬼さんがどうかしたの？」

亜矢が問いかけてきた。

「四日前から行方がわからないんだよ。取材に出かけると自宅を出たまま、その後、何も連絡がないらしいんだ。なんか心配だから、先輩の家に行ってみようと思ってるんだよ。九鬼先輩は、おれを実の弟のようにかわいがってくれたから、恩返しのつもりで奥さんと一緒に行方を追いたいんだ」

「そういうことなら、早く東京に戻ってあげて」

「ああ。親父さんによろしく伝えといてくれないか。それじゃ、ここで別れよう」

八雲は立ち上がって、慌《あわ》ただしくエレベーターに乗り込んだ。病院の玄関前で客待ち中のタクシーに乗り、仙台駅に向かった。

午後二時二十四分発の『はやて16号』で帰京する。

東京駅に着いたのは、午後四時八分過ぎだった。

地下鉄と東横《とうよこ》線を乗り継《つ》いで、多摩川《たまがわ》駅で下車する。九鬼夫妻は多摩川の土手沿いにある高層賃貸マンションに住んでいた。

　八雲は駅から七、八分歩き、目的のマンションに足を踏み入れた。出入口はオートロック・システムではない。勝手にエレベーターに乗り込み、八階に上がる。八〇五号室のインターフォンを鳴らすと、弥生の声で応答があった。

　八雲は名乗った。待つほどもなくドアが押し開けられ、弥生が姿を見せた。目の隈《くま》が痛々しい。前夜は一睡もしていないのだろう。

　八雲は居間に通された。

「先輩から何か連絡は？」

「一時間ぐらい前に、わたしのスマホにこんなメールが入ったの」

　弥生がスマートフォンのディスプレイにメール文を流した。八雲は首を伸ばして、文字を読んだ。

〈真実はあるのか。生きることに疲れた。少し安息したい〉

　それだけしか打たれていない。

「自殺を仄《ほの》めかしてるとも受け取れるでしょ？」

「そうだね。で、返信メールは？」

「すぐに送信してみたわ。だけどね、九鬼のスマホからなんの反応もなかったの」

　弥生が答えた。

「何者かに壊されたんじゃないのかな？」

「そうだったとしたら、夫は何者かに拉致《らち》されたのね」

「そう考えたほうがよさそうだな。奥さん、所轄署に先輩の捜索願は？」

「午前中に出してきたわ」

「先輩の仕事部屋を見せてもらいたいんだ」

八雲は言って、リビングソファから立ち上がった。弥生に案内され、奥の洋室に入る。

八雲は真っ先にUSBメモリーのケースをチェックした。

だが、カード偽造グループや振り込め詐欺集団に関する取材資料や原稿はまったく保存されていなかった。

「先輩がふだん取材に使ってたノート、ICレコーダー、デジタルカメラはどこにあるのかな？」

「九鬼は、取材七つ道具をいつも愛用のショルダーバッグに入れて持ち歩いてたの。だから、家にはそういった物は何もないんですよ」

「そう」

「夫は悪い奴らの犯罪証拠を知ったために、自殺に見せかけて殺されたのかしら？」

「まだ何とも言えないが、謎《なぞ》めいたメールのことは警察の人に教えるべきだと思うな。おれと一緒に、これから所轄署に行こう」

「ええ、ちょっと待ってて。すぐに外出の仕度をするわ」

「それじゃ、部屋の前で待ってるよ」

八雲は玄関ホールに向かった。

2

無人の事務フロアは、どこか無機質だ。

堀江恒生は床《ゆか》に水溶性ワックスを塗り拡《ひろ》げると、ポリッシャーの電源スイッチを入れた。円形の研磨ブラシが軽《かろ》やかに回転しはじめた。

西新宿にある生命保険会社の本社ビルの二十一階だ。

堀江は、このフロアの床掃除《ゆかそうじ》を受け持っていた。床面積は千平米近い。ポリッシャーをかけ終えるのに、七時間は要する。時給千百円だが、かなりの重労働だ。

しかし、文句は言えない。前科者にとっては、ありがたい定職だった。

栃木県にある黒羽《くろばね》刑務所を仮出所したのは、およそ五カ月前だ。担当保護司の伏見雅夫《ふしみまさお》がビル掃除の仕事を世話してくれたのである。

六十歳の伏見は計器製造会社の社長で、禅宗の僧侶《そうりょ》でもあった。十五、六年前に甥《おい》が覚《かく》醒《せい》剤《ざい》がもたらす幻覚によって通り魔殺人事件を引き起こしたことがきっかけで、保護司になったらしい。

伏見は堀江をビルメンテナンスの会社の準社員にしてくれただけではなく、東中野《ひがしなかの》のアパートを借りる際《さい》にも保証人になってくれた。いわば、恩人だった。

いま堀江は、老朽化《ろうきゅうか》した木造モルタル塗りのアパートで独り暮らしをしている。

阿武隈PAで逮捕されて十日目に、妻の父親から速達で離婚届が送られてきた。添え文には、翌月に出産予定の初孫のことを考え、黙って離婚届に署名捺印《なついん》してほしいと書かれていた。さらに、律子も納得済みだと付け加えられていた。

堀江は何か悪い夢を見ているような気がした。しかし、離婚届の筆跡は紛《まぎ》れもなく、律子のものだった。

妻は、産み落とす娘を前科者の子にしたくなかったのだろう。その心情は理解できた。堀江は律子への未練を断《た》ち切って、離婚の申し入れを素直に受け入れた。

その翌月、律子は無事に女の子を出産した。娘を沙霧と名づけたという便りと一緒に新生児のカラー写真が一葉《いちよう》だけ郵送されてきた。それきり音信は途絶《とだ》えてしまった。

差出人の名を確かめると、律子は自分の旧姓を使っていた。それを見て、堀江は元妻の存在が遠ざかったのを鮮やかに意識した。だが、生まれたばかりのわが娘に対する執着心は萎《しぼ》まなかった。

できることなら、沙霧を抱き上げて頬擦《ほおず》りしたかった。しかし、収監の身ではそれもできない。留置中も服役中も、娘の写真を房内に持ち込むことは許されなかった。

だが、仮釈放された現在は沙霧の写真を肌身離さずに持ち歩いている。お守りのようなものだった。

監禁罪と銃刀法違反及び傷害致死罪で二年半の実刑判決は軽かったのかもしれない。

しかし、刑務所暮らしは楽ではなかった。黒羽刑務所は定員千五百人で、初犯の受刑者が圧倒的に多い。更生の見込みのある犯罪者が服役しているA級刑務所だ。罪名は殺人、傷害致死、窃盗、強姦、放火とさまざまだが、裁判で更生の見込みがあると判断された受刑者ばかりだった。

独居房もひどく狭かった。畳二枚ほどの広さしかない。

蒲団《ふとん》を敷いたら、それこそ足の踏み場もなかった。食器類は、隅《すみ》の便器の蓋《ふた》の上に置くしかない。採光窓も小さかった。

堀江は教育訓練が終わると、雑居房に移された。

暴力団関係者はいなかったが、はっきりと受刑者の序列があった。刑期の長い者や殺人者たちが幅を利かせていた。堀江は高速バスの運転手を死なせているが、殺意はなかった。

傷害致死罪では、傷害罪や強盗罪とほぼ同格の扱いだった。雑居房で最も軽く見られているのは婦女暴行犯だ。レイプ犯は常に便所掃除をさせられ、便器のそばで寝《やす》まなければならない。

牢名主《ろうなぬし》は愛人を絞殺した元ガソリンスタンド経営者だった。堀江は、その男に陰湿な意地悪をされた。明らかに、新入りいじめだった。

そんな堀江を庇《かば》ってくれたのは、詐欺罪で服役している元弁護士だった。その男は雑居房のナンバーツーで、元ガソリンスタンド経営者も一目置いていた。

ある夜、隣に寝ている元弁護士が堀江の右手首を摑み、自分の股間《こかん》に導《みちび》いた。相手のペニスは勃起《ぼっき》していた。

堀江はびっくりして、手を引っ込めた。すると、元弁護士は恩着せがましいことを言った。堀江は怒りを募《つの》らせ、元弁護士を殴りつけた。

その騒ぎは、すぐに看守に知られてしまった。堀江は同室者の変態行為を看守に訴えた。だが、看守はまともに話を聞こうとはしなかった。

所内には約百人の看守がいたが、それぞれが十四、五人の受刑者を担当している。いちいち受刑者の苦情に耳を傾けるだけの余裕はなかったのだろう。

堀江は独居房に戻され、数日後に別の雑居房に移された。五人の同室者に妙な癖のある者はいなかった。

堀江はその雑居房で寝起きしながら、昼間は所内のコンピューター部品工場で働かされた。作業は単調だったが、部品工場には空調があった。機械に温度差を与えてはいけないということなのだろう。

雑居房には空調設備はない。夏は蒸し風呂のような状態で、なんとも寝苦しかった。真冬は体の芯《しん》まで冷え、やはり熟睡できなかった。

最初の一年間は、信州から両親と二つ違いの兄が三カ月置きに面会に訪れた。だが、二年目に入ると、なぜか三人とも姿を見せなくなった。父母と兄が郷里の松本《まつもと》市から北海道の函館《はこだて》に引っ越したのは二年目の春だった。

堀江は兄の手紙で、家族が郷里に居づらくなったことを知った。犯罪者の身内まで白い目で見られてしまうのか。

堀江はいまさらながら、自分の犯した罪の大きさを痛感させられた。家族にどう償《つぐな》えばいいのか。

堀江は考えた末に、両親宛に自分と絶縁してほしいと手紙を書いた。折り返し、母と父から温かい便りが届いた。しかし、堀江は自分の気持ちは変わらないと伝えた。

それ以来、身内の面会と差し入れは途絶えた。さすがに寂しかったが、身から出た錆《さび》である。

堀江は孤独に耐え、真面目《まじめ》に服役生活を送った。仮釈放が決定すると、図書係に任命された。所内には十二の工場があったが、受刑者に書物を貸し出す図書係は作業が最も楽だった。

堀江は仮出所すると、殺してしまった高速バス運転手の増渕充の自宅を訪ねた。刑務所の労役《ろうえき》で得た数万円の労賃の中から花を求めたのだが、未亡人は亡夫に線香を手向《たむ》けることを拒んだ。

やむなく堀江は近所の人に増渕の墓のありかを教えてもらい、会津若松《あいづわかまつ》にある寺に回った。増渕家の墓石の前にぬかずき、不運な故人に詫《わ》びた。

仮出所した者は月に二回、保護司か保護観察官に面会し、近況を報告しなければならない。堀江は上京し、霞《かすみ》が関《せき》にある保護観察所に出頭した。

すると、中野区保護司会に所属する伏見雅夫が待っていた。保護観察官は公務員だが、保護司は民間のボランティアだ。交通費や通信費は支給されるが、報酬は得ていない。

堀江はアパートを借りるまで、伏見の自宅に泊めてもらった。必要最小限の生活必需品をリサイクルショップで買い揃《そろ》えると、所持金はなくなってしまった。

堀江は伏見の口利きで、ビルメンテナンス会社から十日分の日当を前借りさせてもらい、再出発のスタートを切ったのだ。

伏見の話によると、共犯者の神崎は千葉刑務所で服役中らしい。堀江は刑事にも検事にも、首謀者が市村一輝だと供述した。神崎も同じ供述をしたそうだ。

それによって、捜査当局は市村に任意同行を求める気になった。しかし、すでに市村は姿をくらましていた。後日、国選弁護士に聞かされたことだが、市村は高速バス乗っ取り事件の前日に自分の事務所を土地ごと売却していたらしい。

その後、解体業者はタイに高飛びしたという話だ。外務省の出国記録で市村の渡航は明らかになったというから、まだ海外のどこかにいるのだろう。

堀江はそこまで考え、素朴な疑問を懐《いだ》いた。

なぜ市村は他人になりすまして、海外に逃亡しなかったのか。本人のパスポートで出国したら、当然、捜査当局に追われることになる。国際手配されたら、国際刑事警察機構《インターポール》も動き出す。たとえタイの山村あたりに身を潜《ひそ》めていても、いつかは官憲《かんけん》の手に落ちてしまうだろう。

未《いま》だ市村が逮捕されたというニュースは聞かない。いったん海外逃亡したと見せかけ、すぐ日本に密入国したのではないか。少し変装すれば、都会の片隅でひっそりと暮らすことはできるだろう。

東京に限らず大都会で生活している者たちは、押し並《な》べて隣人には無関心である。犯罪者にとっては、恰好《かっこう》の隠れ場所と言えるのではないか。

——もしかしたら、市村はおれを夜道で引ったくり犯に仕立てようとした女と同棲《どうせい》しているのかもしれないな。

堀江は、そう思った。

思い起こしてみると、例の女の言動は不自然だった。怪しくもあった。彼女は市村に頼まれ、この自分を陥れようとしたのではないか。

数日後に脅迫電話をかけてきた女は、三千万円の口止め料を要求した。それでいて、それきり何も連絡してこなかった。そのことも解《げ》せない。恐喝は偽装工作だったのだろうか。

女は、堀江のスマートフォンのナンバーを知っていた。さらに別れた妻の律子が翌月に出産を控えて実家に戻っていたことにも触《ふ》れた。

——あの女は、市村と親しい間柄だったにちがいない。それで彼に抱き込まれて、おれを罠《わな》に嵌《は》めようとしたんだろう。

堀江は確信を深め、ポリッシャーのスイッチを切った。

作業服の胸ポケットから定期入れを抓《つま》み出し、沙霧の写真に目を落とす。娘は来月、満三歳になる。どんなふうに成長しているのか。誕生間《ま》もないころに撮《と》られた乳児の写真だけでは、想像の翼を拡《ひろ》げようもない。

市村に脅されてバスジャックをやる羽目になってしまったが、律子とは別に嫌いになって離婚したわけではない。沙霧に肩身の狭い思いをさせたくなかったから、別れることにしたのだ。血を分けたひとり娘を直《じか》に見ることもできないのは、あまりにも残酷だ。

堀江は愛娘《まなむすめ》の写真を眺《なが》めているうちに、市村に対する憤《いきどお》りを覚えた。

身代金に関しては、マスコミは何も報じなかった。市村は、協力者が身代金を受け取る手筈《てはず》になっていると語っていた。その人物は、『新みちのく交通』から三億円を受け取ったのか。

多分、受け取ったのだろう。だから、被害者側は身代金について何もコメントしなかったのではないか。そのことを警察やマスコミに洩《も》らしても、『新みちのく交通』には何もメリットがない。

むしろ、デメリットになるだけだ。市村は協力者と身代金を山分けして、例の女と潜伏したのか。身代金は三億円と言っていたが、もっと額が多かったのかもしれない。四億円か、五億円をまんまとせしめたのではないか。

実行犯の自分たち二人には、七千万円ずつ分け前をくれるという約束だった。それから身代金を受け取ったら、すぐにチャーターしたヘリコプターで堀江たち二人を救出することにもなっていた。

しかし、どちらも嘘だったにちがいない。市村は初めから堀江と神崎に汚れ役を引き受けさせ、身代金を協力者と山分けすることを画策《かくさく》していたのだろう。

——神崎とおれは間抜けだったんだ。利用されて、あっさり見放されたわけだからな。そのため、おれは大切なものを多く失ってしまった。このままじゃ、いくらなんでも腹の虫がおさまらない。市村をなんとか捜《さが》し出して、せめて分け前の七千万を毟《むし》り取ってやらなきゃな。

堀江は定期入れを胸ポケットに戻し、ふたたびポリッシャーを唸《うな》らせはじめた。磨きをかけた床に事務備品を戻し、別の場所にポリッシャーを滑らせる。堀江は同じことを繰り返しながら、黙々と仕事に励《はげ》んだ。

あらかた床掃除を終えたころ、同僚の有馬良幸《ありまよしゆき》がやってきた。

六十二歳の有馬は元サラリーマンで、停年後にビルメンテナンス会社の準社員になったという話だ。

「おれは、もう二十二階のフロアを片づけちゃったんだ」

「早いですね。キャリアが一年以上も違うと、手際《てぎわ》がいいんですね」

「そうじゃないんだ。おれは、適当に手抜きしてるんだよ。備品はずらさないで、見えてる床にしかポリッシャーをかけてないんだ。だから、仕事が早く終わるわけさ」

「手を抜いてたんですか」

「堀江君もさ、適当に手を抜けばいいんだよ。どうせいまの仕事は腰かけなんだろ？　若いきみには、いくらでも働き口はあるからな」

「おれは、この仕事を長くつづけたいと思ってるんです」

「本気かい⁉　もったいないじゃないか。東証一部企業は無理としてもさ、二部の会社なら正社員になれるんじゃないの？」

「デスクワークは好きじゃないんですよ。ビルメンテナンスの仕事は他人に気を使わなくて済むから、割に気に入ってるんです」

「それにしても、なんかもったいないな。おれは六十五歳で厚生年金を貰うまでのつなぎで小遣い銭稼ぎに来てるから、こういうバイトでいいと思ってるんだ。だけど、二十代のきみがビル掃除を男子一生の仕事にすることはないだろうが」

「先のことはわかりませんが、しばらくはこの仕事で喰《く》っていくつもりです」

堀江は言った。

「何か考えてるようだね。それはそうと、早朝割引のソープに行かないか?」

「そんな余裕はありません」

「五千円ぐらいだったら、カンパしてやってもいいぞ」

「いいえ、結構です」

「それじゃ、仕事が終わったら、二十四時間営業の居酒屋で一杯飲《や》ろうや。軽く飲んでから、一番電車で帰るのも悪くないよ。出勤途中のサラリーマンやOLを眺めながら、空いてる電車に乗ると、なんか優越感に浸《ひた》れるんだ」

「おれは特に何も感じないな。仕事の帰りに満員電車に乗らなくてもいいのは、嬉《うれ》しいですけどね」

「たまには、一杯つき合えよ。奢《おご》るからさ」

「せっかくですけど、洗濯物が溜《た》まりに溜まってるんですよ。有馬さんは奥さんがいるからいいけど、こっちは独身ですからね。洗濯も自分でやらなきゃならない」

「合コンか何かで親しくなった女の子と同棲して、家事をやってもらえばいいじゃないか」

「おれが借りてる部屋は、四畳半なんですよ。小さな流しはありますけど、便所は共同なんです。そんな古いアパートに来てくれる娘《こ》なんていないでしょ？」

「いまどき共同トイレのアパートがあるのか。そいつは驚いたな。それじゃ、今度一緒に飲もう」

「ええ、そうですね」

「こんなことを直《じか》に訊《き》くもんじゃないけどさ、堀江君は何かで服役してたのかな？　ベテランのおばちゃんたちが会社の休憩室でさ、きみが刑務所《ムショ》帰りかもしれないなんて噂《うわさ》し合ってたんだ」

「そうですか」

「で、どうなんだい？」

「想像にお任せします」

「仮に刑務所にいたんだとしても、おれは堀江君に偏見なんか持たないよ。いまの社会は暮らしにくいから、いろんな摩擦《まさつ》が生《しょう》じる。真面目《まじめ》な人間だって、場合によっては魔が差す。で、犯罪の加害者になってしまうことだってあるさ」

「そうですね」

「おれはきみが前科者でも、仲良くしたいと思ってる。早朝割引のソープはともかく、そのうち仕事帰りに飲もうな」

有馬が堀江の肩を軽く叩き、踵《きびす》を返した。

どんな職場でも過去を詮索《せんさく》されそうだ。市村から分け前をぶったくって、何か小さな商売でもやるか。

堀江はそう考えながら、ポリッシャーの把《と》っ手《て》を握り直した。

3

十二番線ホームに出た。

仙台駅である。伊吹亜矢は、見送りに来た父の信也《しんや》の手から自分のトラベルバッグを受け取った。

「父さん、麻里のことをお願いね。あの子、まだ心が不安定みたいだから」

「わかってるよ。母さんと二人で監視するから、亜矢は心配しないで、自分の仕事に精出してくれ」

「ええ」

「きのうは残念だったよ。健人君とゆっくり話ができると思ってたんだがね。しかし、世話になった大学の先輩が失踪《しっそう》中らしいから、ま、仕方ないか」

「そのうち健人さんと一緒に仙台に来るわよ」

「来るじゃなく、帰ってくるだろう？　仙台は、亜矢の故郷なんだから」

「ええ、そうね」

「雑誌編集の仕事は、そんなに面白いのか？」

「ええ、性《しょう》に合ってるみたい」

「父さんは、亜矢がこっちでニュースキャスターでもやってくれるといいと思ってたんだがね」

「親の七光《ななひかり》でテレビのキャスターになるなんて、わたしは厭《いや》だわ。そういうのは、フェアじゃないでしょ？」

「局の筆頭株主だからといって、自分の娘を無試験で入れるつもりはないさ。もちろん、途中採用の試験は受けてもらう」

「だけど、それは形式的なものよね。人事担当者が大株主の娘を不採用にはしにくいでしょ？」

「まあ、それはね」

「父さんが経営権を握ってる会社に就職すれば、楽は楽だと思うわ。でも、親の会社にコネで入っても、自立したとは言えないでしょ？」

「他人の飯を喰《く》って、初めて一人前になるか」

父が苦笑しながら、そう言った。

「ええ、そうだと思うわ」

「亜矢も大人になったもんだ。嬉しいと思う反面、ちょっぴり寂しいよ。父さんが経営してる企業は七社もあるのに、娘たちがどの事業も継《つ》いでくれないわけだからな」

「父さん、頭を切り替えなきゃ。いまどき同族会社を守り抜きたいなんて、考えが古いわ」

「そうかね。父さんは、自分の父親が築いてくれたものを消滅させたくないだけなんだ。欲得だけじゃないんだよ」

「そういう保守的な考え方が時代遅れなんじゃない？　自分の関係してる会社を潰《つぶ》したくなかったら、優秀な社員に経営を任せるべきよ。そうすれば、会社は十年先も二十年先も存続するだろうから」

「そのへんのことをよく考えてみるよ。それはそうと、昨夜《ゆうべ》言ってたことだが……」

「挙式を延期するって件ね？」

「ああ、そうだ。亜矢が妹の麻里のことを気遣《きづか》ってくれるのはありがたいが、健人君側にも事情や立場があると思うんだよ」

「彼は、健人さんはわたしの申し入れを快《こころよ》く聞き入れてくれたわ」

「しかし、内心は困惑してるんじゃないのかね？　秋に結婚式を挙げる予定になってたことは先方のご家族はもちろん、親類や友人も知ってるはずだ」

「でしょうね。でも、予定はあくまでも予定で、決定したわけじゃないわ」

「それは、その通りだがね」

「いいのよ。当事者のわたしたちが話し合って、挙式の日取りを延期しようって決めたんだから」

「亜矢が男だったら、どんなにか心強いことか。きみは子供のころから、決断力があったからな。自分のスタンスも揺るぎがない」

「頑固なだけよ。それから、少し天《あま》の邪鬼《じゃく》かな」

「少しじゃないだろ？　亜矢は幼稚園児のころから他人と同じことをするのが大嫌いで、いつも個性的な服を着て、発想もユニークだった」

「目立ちたがり屋だったのよ、単にね」

「それだけじゃないと思うよ。何かで成功した者は共通して、独創性がある。つまり、人《ひと》真似《まね》をしない。これからは、そういう事業センスが必要なんだ。亜矢、何年か先でいいんだが、父さんの事業の一つを継《つ》いでみないか」

「父さんったら、狡いわ」

「ビジネスをやるには、ある程度の狡さも必要なものさ。狡さというよりも、駆け引きだな」

「その件については、大学四年のときにきっぱりと断ったはずよ」

「そうだったかな。しかし、歳月の流れとともに、人の考え方も変わるもんだ。跡継《あとつ》ぎの件は、五年後にまた話し合おうじゃないか」

「父さんも、しつこい性格ね」

亜矢は微苦笑《びくしょう》した。

それから間もなく、『やまびこ54号』が入線してきた。盛岡《もりおか》を午前十一時二十七分に発車した東北新幹線は、終点の東京駅に午後三時に着く予定だ。

列車が停止した。

「麻里のことは、本当に心配ないから」

父が言った。亜矢は無言でうなずき、『やまびこ54号』の十号車に乗り込んだ。

列車は定刻の午後十二時五十三分にホームを離れた。ドア越しに父に手を振り、亜矢は八号車に向かった。指定席は八号車の前方だった。

九号車の通路を歩いていると、亜矢は若い男に名を呼ばれた。立ち止まって、振り返る。

　後方のシートで手を振っているのは、大学時代のクラスメートの布施昴《ふせすばる》だった。『週刊トピックス』の特約取材記者である。

「妙なとこで会うわね」

　亜矢は言いながら、布施の席に近づいた。布施は窓側のシートに坐っていた。その隣は空席だった。

「仙台の実家に顔を出した帰りみたいだな？」

　布施が柔和な顔で言った。優男《やさおとこ》タイプで、色白だ。学生時代は、シナリオライターになりたがっていた。

「布施君は取材の帰り？」

「そう。きのうは盛岡に泊まったんだ」

「なんの取材だったの？」

「盛岡の資産家の娘が美容整形の失敗を苦にして、自分の車をわざと橋脚《きようきやく》に激突させたんだよ。きのうの明け方にさ。即死だったそうだ。まだ二十一歳だったんだよ」

「その子は、どこで美容整形手術を受けたの？」

「六本木の高石美容クリニックだよ。知ってるだろ、院長がちょくちょくテレビに出たりしてるから」

「ええ。ちょっとお邪魔するわね」

亜矢は言って、布施のかたわらに腰かけた。

「自死した娘《こ》は隆鼻術を受けて、鰓《えら》を削《けず》ってもらったんだよ。先々月の下旬にね」

「手術は失敗だったという話だったけど」

「自殺した彼女は佐々木彩恵《ささきあやえ》という名なんだが、鼻の中から埋め込んだシリコンが横にずれちゃって、獅子鼻《ししばな》みたいになっちゃったんだよ。それから鰓の部分も削り方が悪かったらしくて、左右がアンバランスになっちゃったんだ。それで手術前よりも、かえって面相《めんそう》が悪くなってしまったんだよ」

「それを苦にして、人生に終止符《ピリオド》を打ってしまったわけね」

「そうなんだ。どちらの手術も、それほど難しいものじゃないらしいんだけどな」

「それじゃ、高石院長が自《みずか》ら執刀したんじゃないのね。雇われてる若い美容整形外科医がメスを握ったんでしょ?」

「いや、院長自身が執刀したらしいよ」

「手術経験の豊富な高石圭太が、なぜそんなミスをしてしまったのかしら?」

「他言されると困るんだが、高石院長は故意に手術を失敗させてる疑いがあるんだよ」

布施が声をひそめた。

「それ、どういうことなの？」

「高石は手術費の二重奪《ど》り、三重奪りを企《たくら》んでるんじゃないかな。腕がいいことで評判だった美容整形外科医が急に手術下手になるとは考えにくいだろ？」

「そうね」

「院長の高石は何か事情があって、まとまった金を工面《くめん》しなければならなくなった。それでリッチな患者の手術をわざとミスって、再手術や再々手術で手術代を含めた入院治療費を荒稼ぎしてるんじゃないだろうか」

「布施君がそこまで言うってことは、何か根拠があるのね？」

「えっ」

「誰にも喋《しゃべ》らないから、こっそり教えてよ。わたし、前々から美容整形には関心があったの。いろんな考え方があるだろうけど、わたし自身は美容整形は悪いことじゃないと思ってる。顔面やボディにちょっと手を加えて容姿コンプレックスがなくなるんだったら、いいことじゃない？　わたしだって、気に入らない部分はたくさんあるもん」

「伊吹は、どこもいじる必要なんかないよ。顔は細面《ほそおもて》で、造作の一つひとつが整ってる。下手な女優よりも、はるかに美しい。きれいなだけじゃなく、品位もある」

「そんなことより、さっきの話だけど……」

亜矢は促《うなが》した。

「ここだけの話なんだが、高石院長に関して悪い噂が耳に入ってるんだ」

「悪い噂って？」

「高石ドクターが悪徳芸能プロの社長とつるんで、売れないタレントやモデルに何回も顔面整形や豊胸手術を強要してるらしい。その子たちの親は、それぞれ経済的に余裕があるというんだよ」

「再手術や再々手術で、あこぎにお金儲けをしてるってことね？」

「そう。悪徳芸能プロの社長は、売れない芸能人が支払った手術費用の何割かをキックバックさせてるんじゃないのかな。それを裏付けるように、その社長は資産家の子女ばかりをスカウトして親御さんに少し顔や体をいじれば、人気芸能人になれる素質はあるとうまいことを言ってるみたいなんだ」

「布施君、その社長の名は？」

「それは勘弁してくれよ。その芸能プロは、こっち関係とも繋がりがあるみたいだから」

布施が一段と声を低くし、人差し指で自分の頬を斜めに撫《な》でた。

「別に、その悪徳芸能プロのことをペンで告発する気なんかないの」

「しかし……」

「実はね、わたしの従妹《いとこ》が悪いモデルクラブに引っかかって、美容整形手術を受けないと、専属契約を解除するって脅されてるの」

亜矢は、とっさに思いついた嘘《うそ》を澱《よど》みなく喋った。まさか妹のことを打ち明けるわけにはいかない。

「そうなのか。話に出てる悪徳芸能プロというのは、赤坂五丁目にオフィスを構えてる『荻原《おぎわら》企画』だよ。社長は荻原善仁《よしひと》って名で、四十九歳だったかな」

「そう」

「荻原は二年前に所属タレントを使って、劇場映画を自主製作したんだよ。いわゆる本編《ほんぺん》ってやつだね。製作費に十億かけたらしいんだが、興行収入は四億弱しか得られなかったんだ。約六億円の赤字だよな？」

「ええ、そうね」

「荻原社長は製作費の一部を関西系の暴力団の息のかかった金融業者から借りたみたいなんだよ。その取り立てが厳しいんで、高石院長と共謀する気になったのかもしれないな」

「そうなのかしらね」

「伊吹の従妹が所属してるモデルクラブ名は？」

「えーと、なんだったっけな。フランス語だったと思うけど、ちょっと度忘《どわす》れしちゃったわ」

「そう。全部じゃないけど、いい加減な芸能プロやモデルクラブがあることは事実だから、従妹も少し気をつけたほうがいいな」

「従妹によく言っとくわ。そのうち、ゆっくり会いましょうよ」

「ああ」

「わたしの席、八号車なの。それじゃ、またね」

「お互いに仕事、頑張ろう」

布施が握手を求めてきた。亜矢は布施の手を握り返すと、座席から腰を浮かせた。

八号車に移り、指定の座席につく。列車は、すでに白石蔵王《しろいしざおう》駅を通過していた。次の停車駅は福島だ。

亜矢は背凭《せもた》れを倒し、上体を預けた。

布施から聞いた話が事実なら、麻里の手術もわざと失敗した可能性がある。高石は三カ月前に頬の傷痕の整形手術を受けた妹の親のことを予《あらかじ》め調べ上げ、たっぷりと金を引き出せると踏んだのだろうか。そうして故意に手術ミスをしたのだとしたら、断じて赦《ゆる》せない。

布施の話が事実かどうか、とにかく探《さぐ》ってみよう。

亜矢は軽く瞼《まぶた》を閉《と》じた。

すると、脳裏に妹の顔が浮かんだ。きのうは病室を出るまで、気まずい思いでベッドのそばにいた。麻里が姉妹の縁を切りたいと口走ったことは、とてもショックだった。妹を子供っぽいとも感じた。

しかし、立場が逆だったらと考えると、麻里の吐いた言葉も赦せる。

外面などより、内面のほうが大事だ。そのことは間違いない。だが、男性の多くが本音では女性の容姿に拘《こだわ》っているのではないか。少なくとも、醜いよりも美しいほうがいいに決まっている。

女性たちも、そのことは本能的に知っている。だからこそ、美容に気を配って華やかに着飾りたいのだろう。

妹の頬の引き攣《つ》れは、確かに目につく。他人が傷痕を見たら、思わず視線を逸《そ》らしたくなるかもしれない。そして、二度と引き攣れには目を当てないだろう。

もちろん、そうした遠慮はある種の優しさだ。しかし、傷を負った者には、そういう思い遣《や》りは疎《うと》ましいはずだ。といって、引け目を感じている部分をまじまじと見られたら、それはそれで辛い。

他者と接していて、心が寛《くつろ》げなかったら、対人関係はうまくいかないだろう。妹が人間を避けたくなる気持ちは理解できる。しかし、血を分けた姉にも煩《わずら》わしさや妬《ねた》ましさしか感じないとしたら、哀《かな》しすぎるではないか。

じっくり時間をかけて、麻里の心の鎧《よろい》を脱がせてあげよう。

亜矢は列車の震動に身を委《ゆだ》ね、しばしまどろんだ。ふと目を覚ますと、郡山《こおりやま》駅を通り過ぎていた。

やがて、『やまびこ54号』は東京駅に到着した。定刻だった。

亜矢は千代田《ちよだ》区一《ひと》ツ橋《ばし》にある勤務先に顔を出し、急ぎのグラビアの色校正を済ませた。それから彼女は、八雲のスマートフォンを鳴らした。だが、八雲は電話口に出なかった。会議中か、試写会に立ち会っているのだろう。亜矢は帰京したことだけをメッセージに残し、電話を切った。

編集長には仕事の打ち合わせに出かけると偽って、急いで会社を出る。亜矢は表通りでタクシーを拾い、赤坂五丁目に向かった。

目的の『荻原企画』は、テナントビルの八階にあった。亜矢は堂々と八階に上がり、エレベーターホールの端にたたずんだ。

十五分ほど待つと、『荻原企画』から派手な顔立ちの二十歳前後の女が出てきた。

亜矢は会釈《えしやく》し、にこやかに話しかけた。

「あなた、『荻原企画』に所属している方でしょ？」

「そうです。わかります？」

「わかるわよ。芸能人特有のオーラを放ってるもの」

「うわーっ、嬉しい！　わたし、そんなこと言われたことないの。一応、テレビタレントなんだけど、もっぱら旅番組でお風呂ガールをやってるんです」

「お風呂ガールって言うと、温泉に入ってるマスコット嬢ね？」

「ええ、そうです」

「わたしね、『女性公論』の編集部の者なんだけど、ちょっと取材させてくれないかしら？　再来月号《さらいげつごう》でね、『あなたもスポットライトを浴びてみない？』って特集を組む予定なの」

「それで、わたしに、どうすればタレントになれるかってことを取材したいわけ？」

相手が、にわかに目を輝かせた。亜矢は後ろめたさを感じながらも、大きくうなずいた。

「わたしのコメントを載《の》せてくれるんだったら、取材に協力します」

「面白い話なら、必ず記事にするわ。とにかく話を聞かせて」

「いますぐ?」

「ええ。何か予定があるの?」

「ううん、いいんです」

相手が言って、芸名を教えてくれた。刈谷《かりや》ルイという馴染《なじ》みのない芸名だった。

亜矢はルイとともにテナントビルを出て、数十メートル先にあるティールームに入った。二人は隅のテーブル席に落ち着き、コーヒーフロートを注文した。

亜矢はルイに芸能界入りのきっかけなどを訊いてから、さりげなく本題に入った。

「事務所のタレントさんは何人も六本木の高石美容クリニックで、顔面整形や豊胸手術をしてるらしいじゃない?」

「よくご存じですね」

「ルイちゃんは、どこもいじってないの?」

「ええ、まだ。お金にゆとりがあったら、わたし、目を治したいんです。わたしは奥二重《おくぶたえ》だから、目つきがきつくなっちゃうんですよ。だけど、一カ所でもいじったら、事務所の荻原社長にほかのとこもあちこち整形しろって言われるの。わたし自身はまだ売れてないし、家もリッチじゃないんですよ」

「ということは、タレントさんの整形手術の費用は自腹なのね?」

「ええ、そうです。もう何年も前に芸能界から消えたアイドルにうちの社長が二千万かけて顔面整形させて、大々的に売り出そうとしたらしいんだけど、不発に終わっちゃったんだって。それで懲《こ》りて、その後は所属タレントは自分のお金で顔や体をいじってるんです」

「そういう娘《こ》は何人もいるの？」

「わたしが知ってるのは十四人ですね。みんな、親が金持ちだから、四百万とか五百万とか払って、パーツの手術を受けたんです。それも一度じゃなく、二回も三回もね。いま昼ドラに出てる女優なんか、トータルで高石美容クリニックに五千万も払ったって話ですよ」

「ほかのタレントさんも、高石美容クリニックで手術してもらったの？」

「ええ、そうです」

ルイが言って、コーヒーフロートを啜《すす》った。

「荻原社長は高石先生とだいぶ親しいようね」

「詳しいことはわからないけど、よく一緒にゴルフをしたり、トローリングをしてるみたいですよ。それから、いま社長が乗り回してるジャガーも高石美容クリニックの院長の車らしいの」

「そういう間柄なら、よっぽど親しいんだ？」

「ええ、そうなんでしょうね。ただ、この春に事務所を辞めて福井の実家に帰ったレースクイーンだった娘《こ》は、社長と高石院長に喰いものにされたと怒ってたわ。その娘は太腿《ふともも》やお尻《しり》の脂肪まで抜かれて、皮膚に張りがなくなっちゃったの。その彼女、社長と院長はタレントの整形手術でボロ儲けしてるんだと言ってたわ。その娘《こ》のお父さんは水産会社の社長だから、手術代だけで六千万円もふんだくられたんだって。それで得られた仕事がDVDシネマの脇役じゃ、やってられないわよね。わたしだって、そんな目に遭ったら、芸能界を引退しちゃうと思う」

「いろいろ参考になったわ。あなたのコメントを使わせてもらったら、必ず連絡するね」

「ええ、楽しみにしてます」

「ただね、特集がそっくり差し替えになることもあるの。そういう場合は、ごめんなさいね。きょうはありがとう」

亜矢は礼を言って、卓上の伝票を抓《つま》み上げた。

4

スクリーンからエンドマークが消えた。

試写会室が明るくなった。八雲健人は最後列のシートから立ち上がって、試写を観《み》に来てくれたマスコミ関係者にひとりひとり礼を述べた。

感想は、おおむね好評だった。上映したインドネシア映画は先月、八雲が上映権を手に入れたものである。東ティモール出身の貧しい青年とインドネシア政府高官の令嬢との切ない恋模様に、双方の家族愛を絡《から》めた若手女性監督の作品だ。

東南アジアで製作された映画は、日本ではまずヒットしない。興行収入のことだけを考えるなら、ハリウッドの大作の上映権を買い付けるべきだろう。

しかし、それでは只《ただ》の商人《あきんど》だ。地味な小品を掘り起こし、ひとりでも多くの観客に観てもらいたい。そんな思いに駆られ、八雲は上司の反対を押し切ってジャカルタで試写作品の上映権を獲得したのだ。

「八雲君、いい作品を押さえたね。お世辞《せじ》じゃなく、久しぶりに感動したよ」

高名な映画評論家がそう言い、握手を求めてきた。海老沢《えびさわ》厚《あつし》という名だった。

「海老沢先生にそう言っていただけると、心強いですね。ぜひシネマレビューで、この映画をお取り上げください」

「もちろん、積極的に紹介させてもらうよ。ハリウッドの娯楽大作や韓国映画も悪くないが、たまにはこういう清冽《せいれつ》な作品に触《ふ》れないと、映像世界のよさを見直せないからね。いやーっ、実によかった！」

「ありがとうございます」

「きみのセンスは、なかなかのものだ。ただ、興行的には苦しいかもしれないね」

「ええ、まあ。しかし、安くフィルムを買い付けましたんで、会社に大損させるようなことにはならないと思います」

「きみの株が上がるよう、せいぜい試写作品の紹介に励もう」

「作品のスチールは、いつでも用意できますので」

「そう」

「ひとつよろしくお願いします」

八雲は深々と頭を下げた。白髪の映画評論家が軽く片手を挙げ、試写室を出ていった。

海老沢は潔癖《けつぺき》な映画評論家として知られた人物だった。映画記者や映画評論家の中には大手映画会社や洋画配給会社に抱き込まれて、試写作品が駄作でも平気で誉《ほ》めてしまう者もいる。

だが、海老沢はそうした馴《な》れ合いを嫌っていた。あくまでも自分の批評眼に基いて、原稿を書いている。言ってみれば、真の映画評論家だった。強い味方を得た感じだ。

八雲は試写室を出ると、エレベーターホールの隅でスマートフォンの着信履歴をチェックした。亜矢から着信があった。

八雲は婚約者をコールした。すぐに電話は繋がった。

「きのうは妹のお見舞い、ありがとう。おかげさまで、麻里も少し落ち着いたみたい」

「それはよかったな」

「ええ。健人さん、先輩の九鬼さんの行方はわかったの？」

「いや、まだだよ」

「心配ね。わたしは思いがけないことで、高石美容クリニックに関する情報を摑むことができたの。帰りの新幹線の中で偶然、『週刊トピックス』の取材記者をやってる大学時代の級友に会ったのよ。その彼は布施昴っていうんだけどね」

亜矢がそう前置きして、布施から聞いたという話をつぶさに語った。

「橋脚に車ごと激突して死んだ佐々木彩恵という娘《こ》が仕組まれた手術ミスの犠牲者《ぎせい》だとしたら、麻里ちゃんもわざと頬の傷痕を目立つようにされたのかもしれないな」

「その疑いはあると思うわ。わたし、赤坂の『荻原企画』に行って刈谷ルイって所属タレントにちょっと探《さぐ》りを入れてみたの」

「その話も詳しく教えてくれないか」

八雲は言って、スマートフォンを握り直した。亜矢が経過をつぶさに語る。

「所属タレントが十四人も高石美容クリニックで顔面整形や豊胸手術をしてるんだったら、荻原社長と院長が結託《けったく》して、あこぎに稼いでるんだろう」

「福井県出身の元レースクイーンは全身美容で六千万も遣《つか》わされたそうよ。その彼女は、水産会社社長の娘なんだって」

「高石と荻原は、リッチな親を持つ娘たちを多重手術で喰《く》いものにしてると考えてもよさそうだな」

「絶対にそうよ。わたしね、『女性公論』の取材と偽《いつわ》って高石院長に接触してみようと考えてるの」

「しかし、妹が高石のとこで手術を受けて、おふくろさんも院長に会ってるんだよな。伊吹と名乗ったら、高石は警戒するだろう」

「スピード名刺屋で架空の人物の名を刷ってもらって、伊吹姓は伏せるつもりよ」

「それだったら、怪しまれないかもしれないな。美容整形の実態ルポの取材と称して、高石院長に接近するつもりなんだね？」

「ええ。高石が荻原と組んで、売れないタレントや金持ちの娘たちを整形手術で喰いものにしてるかどうか、確かめてみたいの」

「ひとりで大丈夫かい？　なんだったら、おれも一緒に行こうか」

「健人さんは九鬼さんの行方を追って。ちょっと様子をうかがいに行くだけだから、わたしひとりでも平気よ」

「そうか。何か不安になったら、すぐ連絡してくれ」

「ええ、わかったわ」

亜矢が電話を切った。

八雲はスマートフォンを懐に戻し、エレベーターで三階に降りた。自席につき、電話で商談を済ませる。

相手は香港の映画プロデューサーだった。上映権の価格の値引き交渉は、うまくいかなかった。もう少し時間をかける必要がありそうだ。

八雲はデスクから離れ、事務フロアの一隅に置かれたソファセットに歩み寄った。大型テレビの電源を入れ、ソファに坐った。

画面には、夕方のニュース番組が映っていた。シリア国内で起こった自爆テロのニュースが報じられている。死傷者は百人を超えたようだ。

八雲はセブンスターをくわえた。煙草に火を点けようとしたとき、画面に九鬼譲司の顔が映し出された。八雲は前屈《まえかが》みになって、画面を凝視《ぎようし》した。

「五日ほど前から行方がわからなかったノンフィクションライターの九鬼譲司さん、三十四歳が東京町田《まちだ》市小野路《おのじ》の雑木林に駐《と》めたレンタカーの中で練炭自殺をしていたことがわかりました」

女性アナウンサーが乾いた声で言った。すぐに画像が変わり、うっそうとした林が映し出された。レンタカーのマークX《エックス》が見えるが、車内は空っぽだった。

「九鬼さんが発見されたのは午後三時過ぎでしたが、すでに死亡していました。死因は一酸化炭素中毒と思われます。車内から発見された九鬼さんのスマートフォンには、遺書めいたメールが数行残されていました。そのほか詳しいことはわかっていません」

ふたたびアナウンサーの顔が映し出され、交通事故のニュースが伝えられはじめた。

故人が自殺するわけない。八雲は火の点いていない煙草を二つに折り、灰皿に投げ捨てた。テレビのスイッチを切り、慌《あわ》ただしく会社を出る。

八雲は通りかかったタクシーで、町田に向かった。

首都高速道路と東名高速道路を使って、町田街道から鎌倉《かまくら》街道に入る。町田署は旭町《あさひまち》にあり、鎌倉街道に面していた。街道を挟んで、数棟の都営住宅が並んでいる。

八雲は署内に駆け込み、応対に現われた若い制服警官に九鬼の身内の者だと偽《いつわ》った。一刻も早く自分の目で先輩の死を確認したかったからだ。

すぐに八雲は、署内の死体安置所に案内された。弥生が夫の亡骸《なきがら》に取り縋《すが》って、泣きじゃくっていた。痛ましかった。

「事件性はないと思います」

制服警官が小声で言い、静かに死体安置所から出ていった。八雲は弥生に近づき、お悔《く》やみの言葉を述べた。

弥生が涙声で言った。

「八雲さん、夫は殺されたのよ。だって、自殺しなければならない理由なんかないもの」

「警察は自殺とほぼ断定してるようだね」

「ええ。夫の上着のポケットに、練炭と簡易七輪《しちりん》を買ったときの領収証が入ってたし、スマホに遺書めいたメールも残されてたからって……」

「そのメールは奥さん宛《あて》だったのかな？」

「ええ、そうなの。でも、九鬼が自分で打ったものじゃないわ。夫はわたしにメールを送信するとき、いつもふざけて〝弥生姫〟と打ってたの。それなのに、今回に限り〝弥生さま〟となってたのよ」

「そう。差し支《つか》えなかったら、メールの内容を教えてもらえないか」

「売文と正義を両立させることは、やはりできなかった。おれはなんとか矛盾を突き破れないかと闘ってみたが、真のジャーナリストにはなれなかった。おれの敗北だ。妻よ、先立つおれを赦《ゆる》してくれ。そういう内容だったの。だけど、九鬼は夏の麻のスーツを一週間前にオーダーして、八月に九州の実家に帰省する航空券の予約もしてたんです。死のうとしてる人間がそんなことをすると思う？」

「しないだろうね。奥さんが言ったように、先輩は自殺に見せかけて殺されたんだろうな。取材で、何か犯罪の証拠を摑んだんだろうね。そうとしか考えられない」

「カード偽造グループか、振り込め詐欺集団に口を封じられたんじゃないかな。わたし、そのことを刑事課の人に話したの。でも、具体的なことは何も知らないから、刑事さんはまともに取り合ってくれなかったのよ」

「そう」

「それからね、わたし、夫を司法解剖してもらいたいとも言ったのよ。だけど、検視で事件性はないと断定されたから、司法解剖はできないと言われてしまったの」

「その刑事の名前は？」

「折笠敏光《おりがさとしみつ》って名だったわ」

「後で、おれがもう一度掛け合ってみるよ」

八雲は言って、弥生の真横に立った。

九鬼の死顔に苦悶《くもん》の色は浮かんでいない。

──先輩は睡眠薬入りの強いアルコールを飲まされてから、酸素のないレンタカーの中に坐らせられたんだろうな。そうじゃなかったら、苦しんだはずだ。それにしても、さぞや無念だったろう。

八雲は目をつぶって、しばし合掌した。

「他殺の根拠は、まだあるの。いつも夫が持ち歩いてたショルダーバッグがレンタカーの中にはなかったのよ」

背後で、弥生が言った。八雲は合掌を解《と》き、体を反転させた。

「そうなら、やっぱり他殺臭いね。奥さん、先輩の体を検《しら》べてみた？」

「ええ、一応ね」

「どこかに打撲傷や火傷《やけど》の痕《あと》はなかった？」

「傷は何もなかったと思うけど」

「おれがもう一度、確認させてもらってもいいかな？」

「ええ、どうぞ」

弥生が快諾《かいだく》した。

八雲は遺体に向き直って、覆《おお》いの布を捲《めく》り上げた。九鬼はトランクスだけしか身にまとっていない。血の気のない肌は、紙のように白かった。

八雲は中腰になって、故人の首筋や胸部を仔細《しさい》に観察した。どこかに気になる痕跡《こんせき》があるかもしれないと思っていたが、生傷や火傷《やけど》の痕は見つからなかった。

八雲は遺体の上半身を布で覆い、今度は下半身を検《しら》べた。

脚《あし》にも、不審な傷痕はなかった。八雲はストレッチャーを回り込み、九鬼の足の裏を見た。やはり、引っかかるような傷痕は見当たらない。

やはり、九鬼は睡眠薬入りの酒を飲まされた後、レンタカーの中に運び入れられたのだろうか。八雲はそう思いながら、しゃがみ込んだ。

すると、右足の指の股に赤い点が見えた。それは、凝固した小さな血糊《ちのり》だった。

九鬼は麻酔注射をうたれて、眠らされたのかもしれない。八雲はストレッチャーにぎりぎりまで接近した。

そのとき、死体安置所のドアが開いた。入ってきたのは、四十代半《なか》ばの額の禿《は》げ上がった小太りの男だった。私服だ。

「さっき話した折笠さんよ」

弥生が小声で告げた。八雲は立ち上がって、折笠に目礼した。

「お身内の方？」

「受付ではそう言いましたが、実は故人の大学のときの後輩なんですよ。八雲という者です」

「警察官に嘘をついちゃいけないな」

折笠が苦く笑う。

「警察は自殺という見方をしてるようですが、他殺の疑いもあるんではないでしょうか？」

「おたくね、そういうことを軽々しく言っちゃ駄目だよ。検視官はベテランもベテランなんだ。そんな基本的なミスなんかするわけない」

「それなら、これを見てください」

八雲は故人の右足の股を指さした。折笠がむっつりとした顔でストレッチャーに歩み寄り、赤い粒《つぶ》に目をやった。

「それは注射痕だと思います。亡《な》くなった九鬼先輩は何者かに麻酔注射で眠らされ、一酸化炭素が充満してるレンタカーの中に入れられたんではありませんかね？」

「ま、まさか⁉」

「司法解剖したほうがいいんではないですか」

「おたくは弁護士か、検事なの？」

「ただのサラリーマンです」

「それにしては、ずいぶん口幅ったいことを言うんだな」

「他殺の疑いが濃いと感じたからですよ。この注射痕らしきものもそうですが、九鬼先輩は奥さんにメールを送るとき、いつもふざけて〝弥生姫〟と宛名を打ってたらしいんです」

「ええ、そうなんですよ。こちらで見せてもらった遺品のスマホには、〝弥生さま〟となってました。だから、わたし、遺書めいたメールは夫ではない者が作成したと思ったんです。それから、九鬼がふだん持ち歩いてたショルダーバッグも消えています。どう考えても変ですよ」

弥生が折笠を見ながら、一息に言った。

「検視官が判断ミスをしたことはないんだよな、これまで」

「だからといって、今回の判断が正しいとは言い切れませんでしょ？」

「まあ、それはね」

「わたしは、ちゃんと解剖してほしいと思ってます。遺族がそれを望んでるわけですから、やっていただけるんでしょ？」

「そうはいかないんだ。検視で他殺の疑いがあると判断された場合しか司法解剖は認められないんですよ」

「だったら、もう一度、検視し直してくださいよ。足の股のところに注射痕らしきものがあるわけだから、それぐらいはお願いできますよね？」

「わかりました。再検視については、約束しましょう。しかし、司法解剖に回せるかどうかはわかりませんよ」

「ええ、結構です」

「それじゃ、早速、検視官に連絡を……」

「ちょっと待ってください」

八雲は折笠刑事を呼びとめた。

「何です？」

「さっき先輩の奥さんから聞いたんですが、九鬼さんの上着のポケットには練炭と簡易七輪の領収証が入ってたとか？」

「ああ。多摩市内の雑貨スーパーのレシートでしたよ」

「九鬼先輩が練炭と簡易七輪を購入した裏付けは？」

「残念ながら、裏付《ウラ》けは取れてません。客数が多いらしくて、店員の記憶も曖昧《あいまい》だったんだよ」

「それなら、先輩を自殺に見せかけて一酸化炭素中毒死させた犯人が購入したかもしれないわけですよね？」

「ま、そういう可能性もないとは言えないが……」

折笠が口ごもった。

「遺体が発見されたのは、小野路という所の雑木林だったんですよね？」

「そうだが」

「付近の住民がレンタカーを運転してた九鬼先輩を見てたんですか？」

「そういう目撃証言はありません。現場は市内でも割に宅地化が進んでなくて、まだ林や畑が点在してるんだよね。現場近くは民家も疎《まば》らなんだよ。そんなわけで、あいにく目撃者が出てこなかったわけです」

「そうした状況なら、自殺と他殺の両面で捜査すべきだったんじゃないのかな」

「おたく、初動捜査と検視に何か問題があったと暗に警察を非難してるの？」

「そこまでは言ってません。しかし、自殺と他殺では大違いです。九鬼先輩が何者かに殺害されたのに、自殺として処理されて捜査が打ち切られたら、遺族は納得できませんでしょ？」

「ああ、それはね」

「逆に言うと、殺人犯は捜査の甘さに感謝したくなるでしょうね。人殺しをしても、捜査の対象にはならないわけだから」

「おたく、何か警察に恨《うら》みでもあるのかっ。さっきから厭味《いやみ》ばかり言ってるね。再検視で自殺とわかったら、検視官に謝ってもらうぞ」

「ええ、いいですよ」

八雲は余裕たっぷりに言った。折笠は何か言いさしたが、結局、黙って死体安置所から出ていった。

「ありがとう」

弥生が八雲に言って、ふたたび変わり果てた夫に抱きついた。

八雲は足音を殺しながら、出入口に向かった。

第三章　謀《はか》られた手術

1

枕許《まくらもと》で目覚まし時計が鳴った。

堀江恒生は寝具から片腕を伸ばして、ベルを沈黙させた。午後一時だった。瞼《まぶた》が開かない。仕事を終えて帰宅したのは、午前六時過ぎだった。いつものように洗濯を済ませると、堀江はカップ酒を飲みはじめた。

つまみは柿ピーだった。娘の沙霧の写真を眺めていると、不意に視界が涙で霞《かす》んだ。生まれ落ちてから一度も父親の顔を見たことのない娘が不憫《ふびん》に思えた。別れた妻の律子も運のない女だ。

律子と沙霧を不幸にしてしまったのは、この自分だ。打ち所が悪くて死んでしまった高速バス運転手の増渕にも申し訳ない気持ちで一杯だった。

己《おの》れの愚かさが呪《のろ》わしい。なぜ、あれほど市村に怯《おび》えてしまったのか。もっと毅然《きぜん》とした態度でバスジャックの実行犯になることを拒絶すべきだった。

意思の弱さが腹立たしい。しかし、いくら後悔しても取り返しはつかない。それにしても、若いうちに人生を棒に振ってしまったという思いは胸に巣《す》くったままだ。

堂々巡りをしているうちに、カップ酒を五缶も飲んでしまった。堀江は押入れから夜具を引っ張り出し、身を横たえた。

ほどなく寝入ったが、高速バスを乗っ取ったときの夢を見てしまった。共犯者の神崎に刺殺された田丸という男の死顔がアップで映り、改造銃で射殺された宮代の姿も蘇《よみがえ》った。

だが、夢は現実と少し違っていた。

神崎にナイフで頰《ほお》を傷つけられた伊吹麻里という女子大生はバスの中で辱《はずかし》められた末に、喉《のど》を掻《か》き切られてしまった。さらに、逮捕されるまでのプロセスも異《こと》なっていた。

夢の中では、堀江たち二人はいったん迎えに来たヘリコプターで阿武隈ＰＡから脱出する。だが、すぐに福島県警航空隊の大型ヘリコプターから放たれた機関銃弾で撃ち落とされてしまう。そのとき、市村と神崎はパラシュートでうまく地上に逃《のが》れる。自分ひとりが死んでしまった。

そんな夢を見てからは、ずっと眠りが浅かった。そのため、寝不足になってしまったのだ。

堀江は気合いとともに跳《は》ね起きた。

手早く蒲団《ふとん》を畳み、デコラ張りの座卓を部屋の中央に据《す》える。堀江は洗面を済ませ、菓子パンを二つ食べた。飲みものは、パック入りのコーヒー牛乳だった。小型冷蔵庫には前日に買ったマカロニサラダも入っていたが、あまり食欲はなかった。

煙草を喫《す》っていると、保護司の伏見から電話がかかってきた。

「先生、今日が面接日でしたっけ⁉」

「そうじゃないよ。その後、きみがどうしてるかと思ってね」

「気にかけていただいて、ありがとうございます。おかげさまで、ビル掃除の仕事をずっとやっていけそうです」

「それはよかった。それはそうと、少し前に北海道のお父さんから電話があってね、昨夜《ゆうべ》、お母さんが自宅で倒れられたそうだ。くも膜下《まくか》出血だったらしいが、幸い一命は取りとめられたそうだよ」

「おれが親不孝したから、おふくろは心労で……」

「そんなふうに考えないほうがいいね。お父さんはきみには内緒にしといてほしいとおっしゃってたんだが、一応、知らせておいたほうがいいと思ったんだよ」

「それはありがとうございます。それで、母はどんな具合なんでしょう？」

「まだ意識は戻ってないらしい。左半身の運動障害と言語障害が後遺症として……」

「意識が戻っても、車椅子生活になってしまうんですね？」

「医者は、そう言ってるそうだ」

「そうですか」

「お母さんのことが心配なら、一度様子を見に行ったらどうかね？　旅費は出世払いで貸してやろう」

「これ以上、伏見先生に迷惑をかけるわけにはいきません。親父《おやじ》に手紙を書きます」

「そうか」

「わざわざ知らせてくれて、ありがとうございました」

堀江は謝意を表し、通話を打ち切った。

母のことが気がかりだったが、函館までの往復の航空券を買う余裕はなかった。無理をして親許に戻ったら、来月分の家賃も払えなくなってしまう。

母の入院治療費は、かなり嵩《かさ》みそうだ。サラリーマンを辞めて北海道のガラス工場で働いている父の給料は、それほど多くないだろう。宅配便の配達の仕事に携《たずさ》わっている兄も高給取りではない。

堀江は切実に金が欲しいと思った。せめて別れた妻に一千万円、娘の沙霧に二千万円、母に一千万円は回してやりたい。

市村を見つけ出して、七千万円の分け前を貰《もら》えば、せめてもの罪滅《ほろ》ぼしはできる。堀江は切迫《せっぱく》した気持ちで、あたふたと部屋を出た。

かつて市村興業があった場所に急いだ。

現在、そこは建材会社になっていた。堀江は事務所に入り、居合わせた男性社員に物件の売買を扱った不動産会社を教えてもらった。

その不動産会社は、JR目白駅の近くにあった。応対に現われた中年女性は顧客の個人情報は漏《も》らせないと素っ気なかった。

堀江は区役所に足を運び、刑事になりすまして住民基本台帳を閲覧《えつらん》してみた。なぜか、市村一輝はどこにも転出していなかった。つまり、売却した事務所が現住所になっていたのである。

市村は土地ごとオフィスを売却したと言っていたが、それは事実ではないのか。堀江は新井薬師前に戻り、ふたたび建材会社を訪ねた。

だが、社長が不在だとかで、知りたかったことは教えてもらえなかった。

──『磯吉』の大将なら、何か知ってるかもしれないな。

堀江はそう考え、三年前まで馴染《なじ》みだった居酒屋に回った。店主は仕込みの最中《さいちゅう》だった。

堀江は店主に明るく声をかけた。と、店の主《あるじ》は困惑顔になった。

「大将、しばらくです」

「三年前の事件のこと、ご存じなんですね？」

「マスコミが派手に報道してたからね。堀江君が実行犯のひとりと知って、腰を抜かしそうになったよ。あんな大それたことをやるとは想像もしてなかったからね。常連のみんなも、そう言ってた。いつ仮出所したんだい？」

「半年近く前です。いまはビル掃除の仕事をやってるんです、夜間にね」

「そう。で、きょうは？」

「大将、市村一輝が三年前に面倒を見てた若い愛人のことを知りませんか？　その当時、二十二、三だったと思うけど」

「なんで、そんなことを知りたがるんだい？」

「おれ、市村に嵌《は》められたようなんですよ」

「嵌められたって⁉」

「ええ、そうです。市村は愛人らしい若い女を使って、おれをひったくり犯に仕立てた疑いが濃いんです」

「本当かい⁉」

「ほぼ間違いないと思います。おれは市村に濡衣を着せられて、まず放火を強《し》いられたんですよ。保険金詐《さ》取《しゅ》目的の放火です」

「市村の旦那《だんな》は、どこに火を点けろと言ったんだね？」

「自分のオフィスです。五千万の火災保険がかけてあったんですよ。で、おれに二千万の成功報酬を払うからって……」

「で、堀江君は放火しちまったのか」

「いや、火は点けられなかったんです。さすがに怖くなっちゃってね。おれ、臆病者だから」

堀江は自嘲《じちょう》した。

「誰だって、ためらうさ」

「おれが放火しなかったんで、市村はすごく怒りました。こっちの弱みをちらつかせて、別れた女房や義理の両親も破滅させると脅されたんです。それで、おれは仕方なく市村興業で解体工をやってた神崎って奴と『新みちのく交通』の高速バスを乗っ取ったんですよ」

「やはり、あの事件の首謀者《しゅぼうしゃ》は市村の旦那だったのか」

「ええ、そうです。市村はバス会社から身代金をまんまとせしめて、自分だけ身を隠したんですよ」

「記憶が曖昧《あいまい》だが、事件後、すぐに新井薬師前からいなくなったような気がするな」

「ええ、それは確かです。おれ、刑事や検事に主犯は市村だと言ったんですよ。そうしたら、市村は指名手配されたが、タイに高飛びした後《あと》は消息がわからないという話でした」

「そうなのか。市村の旦那は、まだタイのどこかに潜伏してるのかな?」

「おれは、市村の国外逃亡は偽装というか、カムフラージュだったんじゃないかと睨《にら》んでます」

「要するに、市村の旦那になりすました別人がタイに渡って、当の本人はずっと日本国内に潜伏してるんじゃないかってことだね?」

「ええ。あるいは市村は実際にタイに渡って、数カ月後に偽造パスポートで日本に舞い戻ったのかもしれません」

「堀江君は、市村の旦那の居所を突きとめたいわけだ?」

いだけです」
「そんなことはしませんよ。あの男は殺すだけの価値もありませんからね。土下坐させた
「で、どうする気なんだ？　きみら実行犯を騙《だま》した市村の旦那を殺す気なのかい？」
「そうです」

「本当に、それだけなのかな？」
店主が確かめた。
「もちろん、そうです。市村に何か荒っぽいことをしたら、刑務所に逆戻りすることにな
りますからね」
「なら、教えてやろう。市村の旦那は、一度だけ店に若い女を連れてきたことがあるん
だ。その娘《こ》は千春と呼ばれてた。六本木のキャバクラに勤めてるようだったな」
「その店の名は？」
「店名まではわからない。しかし、六本木のキャバクラを一軒一軒回れば、千春って娘《こ》の
いる店はわかるんじゃないのか？」
「そうですね」
「もっとも、もう三年も経《た》ってるから、その店にはいないかもしれないな。若いホステス
は給料のいい店があれば、すぐそっちに移っちゃうようだからさ」

「そうなんだろうな。でも、最初の店を突きとめれば、移った先もわかるんじゃないかな？」

「だろうね。それから、市村の旦那は歌舞伎町のなんとかって熟女パブにちょくちょく飲みに行ってたな。割に憶《おぼ》えやすい店名だったんだが、くそっ、思い出せねえ。まだ五十前なのに、物忘れがひどくなったもんだ」

「二十代だって、そういうことはよくありますよ。それほど悩むことはないと思います」

「話は前後するけど、さっき別れた女房と言ったよな？」

「服役中に離婚したんですよ。三年前の夏に娘ができたんですけど、おれは一度も会ったことがないんです。乳呑《ちの》み児《ご》だったころの写真は一枚だけ持ってますけどね。大将に娘の沙霧を見てもらうかな」

堀江は照れながら、懐から定期入れを抓《つま》み出した。腕を伸ばして、沙霧の写真を見せる。

「目許《めもと》が堀江君によく似てるな。間もなく満三歳になるのか。かわいい盛りだよな。会いたいだろう？」

「ええ、とてもね。でも、おれは元妻や娘とは顔を合わせられないようなことをしちゃいましたから」

「でも、確か傷害致死罪だったよな？」

「ほかに監禁罪とか銃刀法違反なんかにも問われました。それに傷害致死で、バスの運転手を殺してしまったわけですから、娘の前には顔を出せませんよ」

「辛《つら》いな。いまは、どこに住んでるんだい？」

「中野の安アパートです」

「それじゃ、気が向いたときに、また飲みにきてよ」

店主が言った。堀江は生返事をして、『磯吉』を出た。

この店にいると、いやでも市村一輝のことを思い出してしまう。事件前までは寛《くつろ》げる居酒屋だったが、もう二度と来ることはあるまい。

仕事前に、六本木のキャバクラを訪ね回ってみることにした。

堀江は新井薬師前駅をめざした。


汗が目に入った。

神崎毅は無性《むしょう》に腹が立った。手の甲で額の汗を乱暴に拭《ぬぐ》い、シャツの胸ボタンをそっと外す。

千葉刑務所のプレス工場だ。冷房はなく、工場内の温気《うんき》は熱を孕《はら》んでいた。

この工場では、法務省のバインダーを作っている。神崎はバインダーの布張りとネジ留《ど》めを担当させられていた。

千葉刑務所には凶悪犯ばかりが収容されている。懲役九年以上の刑を受けた者しかいない。約八割が殺人犯だ。残りは強盗、誘拐、放火、偽札造りなどで起訴された受刑者である。

高速バスの乗客男性二人を殺害し、女子大生に大怪我を負わせた神崎は無期懲役だった。少なくとも、十数年は仮釈放にはならない。

それだけに、無期懲役囚は一様《いちよう》に荒《すさ》んでいた。神崎も例外ではなかった。受刑者や刑務官に絡《から》むことで、憂《う》さを晴らしていた。

神崎は明け方、寝相の悪い同室者を蹴飛ばしてしまった。それを若い刑務官に咎《とが》められ、懲罰を科せられたのである。

神崎はさんざん説教された上《うえ》、新入りの囚人のように天突き体操、腕立て伏せ、屈伸、ストレッチ体操を連続して約一時間半も強要された。少しでも休むと、怒鳴《どな》られた。

相手の刑務官は神崎よりも一歳年下だった。しかも、先生と呼ばなければならない。二重の屈辱《くつじょく》だった。

――こう暑くちゃ、仕事にならねえや。

神崎はネジ留め作業を中断し、作業シャツの襟元《えりもと》から風を入れた。

するとプレス機の向こうから佐川《さがわ》刑務官が大股《おおまた》で歩み寄ってきた。今朝《けさ》、神崎を詰《なじ》った刑務官だ。

「おい、神崎！　きさま、何をしてるんだっ」

「暑くて頭がぼんやりしてきたんで、ちょっと風を入れてたんですよ」

「作業の手を休めるな。それから、すぐにシャツのボタンを掛けろ！」

「………………」

「なんで黙ってるんだ？」

「懲役囚をいたぶることがそんなに愉《たの》しいんですかっ。だとしたら、佐川先生の精神は歪《ゆが》んでますね」

「き、きさま！」

「おれは二人の人間を殺《や》ってるんです。仮出所できるのは、十何年も先になるでしょう。そんなに長いこと待つのはかったるいから、もうひとり殺《や》って死刑になってもかまわないんですよ」

「おれを脅してるつもりか⁉」

「まあね」

神崎は佐川を睨《にら》みつけながら、口の端を歪めた。佐川が目を尖《とが》らせ、神崎の胸倉を摑《つか》んだ。

「なんの騒ぎなんだ？」

遠くで、佐川の上司が訊《き》いた。

「いいえ、なんでもありません。神崎のシャツのボタンが外れてたんで、掛けてやっただけです」

「そうか。佐川、ちょっと来てくれ。プレス機の調子がおかしいんだ」

「わかりました。すぐに行きます」

佐川刑務官は神崎を突き飛ばし、上司の許《もと》に向かった。

――おれがこんな惨《みじ》めな思いをさせられてるのは市村社長のせいだ。おれと堀江を焚《た》きつけて、自分だけ甘い汁を吸いやがった。取調官は市村が国外逃亡したまま消息がわからないと言ってたが、もうこっそり日本に戻ってきてるんじゃねえかな。佐川の野郎を人質に取って、市村一輝をここに呼びつけるか。

神崎は作業台に目をやった。

すぐそばに、裁《た》ち鋏《ばさみ》が載《の》っていた。さりげなく周《まわ》りをうかがう。四人の刑務官は、故障したプレス機に気を奪われている。

神崎は作業台に接近し、裁ち鋏をくすねた。すぐに作業ズボンのポケットに隠し、左手で千枚通しを掴み上げる。神崎は千枚通しを掌《てのひら》に収め、ネジ留めの作業を再開した。

数十分が経《た》ったころ、佐川刑務官が戻ってきた。

「きさまを数日中に独居房にぶち込んで、三日三晩、革《かわ》の拘束衣《こうそくい》を着せてやる。犬みたいに茶碗に顔を突っ込んで、麦《バク》シャリを喰《く》うんだな」

「できるかな？」

神崎はほくそ笑《え》んで、千枚通しで佐川の腹部を二度刺した。少しもためらわなかった。

佐川が呻《うめ》きながら、その場にうずくまった。

神崎は作業ズボンのポケットから裁ち鋏を引っ張り出し、その先端を佐川刑務官の頸動《けいどう》脈《みゃく》に突きつけた。千枚通しは、心臓部に押し当てた。

受刑者のひとりが大声で、刑務官たちに異変を知らせた。三人の刑務官が一斉《いっせい》に駆け寄ってきた。

「何をする気なんだっ」

年配の刑務官が言って、腰の特殊警棒を引き抜いた。残りの三人も、それに倣《なら》った。

プレス工場の警報がけたたましく鳴り響きはじめた。

「三年前、おれを騙《だま》した市村一輝をここに連れて来い！　要求を突《つ》っ撥《ぱ》ねたら、佐川はぶっ殺す」

神崎は、ベテランの刑務官に言い放った。

「おまえの要求は呑んでやろう。その代わり、先に佐川の傷の手当てをさせてくれ」

「駄目だ。二十四時間以内に市村を見つけ出して、千葉刑務所に引っ張って来い！」

「神崎、その男は確か三年近く前にタイに高飛びして、それきり行方がわからないはずだぞ」

「おれの勘だと、市村は国内にいるね。奴の身内、知人、女関係を徹底的に洗えば、潜伏先はわかるはずだ」

「もう少し時間をくれないか」

「おれはいいけど、佐川のばかが失血死しちまうぜ。それでも、いいのかよっ」

「わかった。おまえの言う通りにしよう」

年配の刑務官が二人の部下に短い指示を与えた。二人の部下がプレス工場にいる受刑者を全員、速《すみ》やかに外に出した。

そのすぐ後、工場は十数人の刑務官に取り囲まれた。彼らはそれぞれ特殊警棒、催涙ガス弾銃、ゴム弾銃を持っていた。

「おい、佐川。おまえ、おれよりも一個年下だったよな？」

神崎は確かめた。

「ああ」

「だったら、敬語を使え！　ついでに、先生と呼んでもらおうか。おれのほうが先に生まれたんだから、字の如《ごと》く先生だろうが」

「きさま！」

「神崎先生と言ってみな」

「そんなこと言えるかっ」

佐川が言い返した。神崎は冷笑し、千枚通しを佐川の左の肩口に垂直に沈めた。佐川が呻いて、背を丸めた。

次の瞬間、ゴム弾が放たれた。一発ではなかった。三方向から疾駆《しっく》してきた。

死刑になってもいい。

神崎は佐川の頭髪を引っ摑み、裁ち鋏の先で頸動脈を切断した。ほとんど同時に、佐川の首から血煙が噴《ふ》いた。

神崎は顔面に返り血を浴びながら、勝ち誇った笑みを浮かべた。そのとき、ゴム弾が側頭部を直撃した。

神崎は横倒しに転がった。ほどなく意識が混濁《こんだく》した。

2

レンタカーは見当たらない。

雑木林の手前は、原っぱになっていた。その端にタイヤ痕と複数の足跡がくっきりと彫《ほ》り込まれている。九鬼の遺体発見現場だ。先輩の死を報《しら》された翌日の午後一時過ぎである。

八雲健人は足許《あしもと》に花束を置き、手を合わせた。

午前中に未亡人の弥生から電話があり、再検視の結果、故人の右足指の股の小さな点はやはり注射痕だと判明したらしい。遺体は杏林《きょうりん》大学の法医学教室に搬送《はんそう》され、司法解剖されることになったという。

八雲は合掌を解《と》くと、あたり一帯を歩き回った。しかし、犯人の遺留品らしき物は何も見つからなかった。

八雲は煙草に火を点けた。半分ほど喫《す》ったとき、町田署の折笠刑事がやってきた。

「やっぱり、おたくは現場にいたな。第六感は、まだ鈍《にぶ》っちゃいないらしい」

「司法解剖の結果は、もう出たんですか？」

「ああ、出たよ。例の気になる小さな傷は注射痕だった」

「思った通りでしたか」

「九鬼さんの体内から、約五十ミリリットルのペントバルビタール・ナトリウムが検出された」

「それは？」

八雲は早口で問いかけた。

「短時間で作用する全身麻酔薬ですよ。九鬼さんは麻酔注射で眠らされてから、一酸化炭素の充満するレンタカーの中に入れられたんだろう。おたくのおかげで、われわれはポカをやらずに済んだ。礼を言います」

折笠が口調を改めた。

「お礼だなんて……」

「きょうにも町田署に捜査本部が設けられるでしょう。で、本庁捜一《そういち》の者が十五人前後は、うちの署に出張《でば》ってくるだろう。所轄の人間にも意地があるから、本庁の連中よりも先に犯人の目星をつけたいと考えてるんだ」

「そうですか。レンタカーのマークX《エックス》は、誰がどこで借りたんです？」

「車は関東レンタカーの八王子《はちおうじ》営業所が一昨日《おととい》の夕方に貸し出したものなんだが、借り主の若い男が呈示した運転免許証は偽造されたものだったんですよ」

「それじゃ、その線から犯人を割り出すことは難しそうだな」

「残念ながら、そうだね。われわれは、九鬼さんが取材先で何かトラブルに巻き込まれたのではないかと思ってるんですよ」

「それで、もう何か手がかりを得たんですか？」

八雲は訊いた。

「いや、まだ何も手がかりは摑んでない。そこで、大学の後輩だったおたくに話をうかがいたくて、ここにやってきたわけです」

「九鬼先輩とは年に四、五回程度しか会ってなかったんですよ。会ったときはもっぱら昔話をするだけで、互いの仕事のことは話しませんでした。先輩の著書はすべて読んでますけどね」

「そう。被害者は主に犯罪ノンフィクション作品を書いてたようだね？」

「ええ」

「暗黒社会が絡《から》んでる各種の凶悪事件を題材にしてたようだから、筋者《すじもの》に脅されたこともあるんだろうな」

「あったかもしれません。しかし、本人からそういう話を聞いたことは一度もありませんでした。そもそも先輩は男っぽい性格だったから、他人に弱い面を見せなかったし、泣き言《ごと》めいたことも絶対に口にしなかったんですよ」

「そうなのか。だとすると、スピード解決ってわけにはいかないかもしれないな。まだ、ここにいます？」

「ええ、もう少し」

「それじゃ、こっちは署に戻るから」

折笠が片手を挙げ、背を向けた。

雑木林の斜め前の路上には、青っぽい覆面パトカーが停《と》めてあった。運転席には二十代後半の男が坐っている。折笠の部下だろう。

八雲は覆面パトカーが走り去ってから、九鬼の自宅に電話をかけた。ややあって、未亡人の弥生が受話器を取った。

「いま、小野路の事件現場にいるんだが、町田署の折笠刑事から司法解剖のことを聞いたよ」

「そう。そのことで八雲さんに連絡しなければと思ってたんだけど、朝から弔問《ちようもん》の電話がひっきりなしにかかってきたり、セレモニーホールの人が打ち合わせに訪れたりで、なかなか電話できなかったの。ごめんなさい」

「いいんだ、そのことは。それよりも、やっぱり他殺だったね」

「ええ。九鬼が死んでしまったことはショックだけど、自殺と片づけられなくてよかったわ。警察が犯人を逮捕してくれなかったら、夫は成仏《じょうぶつ》できないもの」

「そうだね。おれは捜査の素人だが、自分なりに事件の真相を探《さぐ》ってみるよ」

「八雲さん、それは危険だわ。夫を殺害した奴に接近したら、あなたも殺されることになるかもしれないもの」

「無茶なことはしないよ。それよりも、先輩はカード偽造グループと振り込め詐欺集団のことを取材してたって話だったが、原稿はなんて雑誌に書くつもりだったのかな？」

「それは、わからないの。ただ、失踪した日の昼前に講文社《こうぶんしゃ》の雑誌編集者に電話をしてたわ」

「その相手の名前は？」

「『現代ジャーナル』の副編集長の鴨下《かもした》肇《はじめ》さんよ」

「そう。通夜の予定は？」

「明日の七時から、多摩川セレモニーホールでやる予定なの。そして、明後日に告別式を営《いとな》む予定なんです」

「通夜にも告別式にも出席させてもらうよ。それから、おれに手伝えることがあったら、なんでも遠慮なく言ってほしいんだ」

「ありがとう。葬儀はセレモニーホールの人たちに任せてあるし、身内の者も動いてもらってるから……」

「そう。悲しみに押し潰《つぶ》されそうだろうけど、気を張って葬儀をやり終えてほしいな」

八雲は電話を切ると、雑木林を出た。

数百メートル先にスーパーマーケットがあった。そこで無線タクシーを呼び、小田急線《おだきゅう》の新百合ケ丘《しんゆりがおか》駅に向かった。同駅で新宿行きの急行電車に乗る。

文京区《ぶんきょう》音羽《おとわ》にある講文社に着いたのは、午後二時五十分ごろだった。

八雲は受付でフリージャーナリストだった九鬼の知人であることを伝え、『現代ジャーナル』の副編集長との面会を求めた。

受付嬢は、すぐに内線電話の受話器を持ち上げた。遣《や》り取りは短かった。

「鴨下は、すぐ参ると思います。あちらでお待ちください」

受付嬢がエントランスロビーの奥にある応接ブースを手で示した。パーティションで仕切られたブースが三つ並んでいる。どのブースも空だった。

八雲は受付嬢に礼を言って、一番手前のブースに入った。数分待つと、エレベーターホールの方から四十三、四歳の男がやってきた。

それが鴨下だった。二人は名刺を交換すると、テーブルを挟んで向かい合った。

「お忙しいところを申し訳ありません」

八雲は九鬼との間柄を手短に説明した。学者のような風貌《ふうぼう》の鴨下は黙って耳を傾けている。

「単刀直入にうかがいます。九鬼先輩はカード偽造グループと振り込め詐欺集団を取材してたと未亡人から聞いたんですが、その原稿は『現代ジャーナル』に発表することになってたんじゃありませんか？」

「ええ、その通りです。二つの犯罪集団は別々だと思われてたんですが、実は裏で繋がってることを九鬼さんが突きとめたんですよ」

「首謀者は？」

「九鬼さんの取材で、元大学教授の安土謙吾《あづちけんご》らしいとわかったんですが、当人はそれを全面的に否定したそうです」

「安土という男は、高齢なんですか？」

「いいえ、まだ五十四歳です。安土は二年前に教え子の女子大生を研究室に呼びつけて、いかがわしい行為に及んだんです。それで、職を失ったわけです」

「その後は何をしてるんです？」

「無職です。しかし、優雅な生活をしてるらしいんですよ」

「元大学教授が非合法ビジネスの黒幕とは考えにくいな」

「おそらく、安土はダミーの首謀者なんでしょう。巨額の報酬を受け取って、犯罪集団の元締めの振りをしてるんだと思います。亡くなられた九鬼さんは、そう見てるようでした」

「安土は妻帯者なんでしょ？」

「いいえ、一度も結婚はしてません。親から相続した柿《かき》の木坂《きざか》二丁目の洋館で独り暮らしをしてるそうです。亡父は貿易商だったんですよ。相続した敷地は三百二十坪もあるそうです」

「それだけの豪邸なら、固定資産税だけでも大変だろうな」

「だと思います。無収入では、負担が重かったんでしょう。それで安土は、犯罪集団の表向きの首謀者になる気になったんでしょうね。九鬼さんはずっと安土をマークしてたんですよ」

「それは、真の黒幕の正体を暴《あば》くためですね？」

「ええ、そうです。九鬼さんが失踪した日の午前中、わたし、彼と電話で喋《しゃべ》ったんですよ。そのとき、場合によっては仙台まで足を延ばすことになるかもしれないと言ってたんです」

「仙台ですか⁉」

「ええ、そうです。ひょっとしたら、すでに九鬼さんは安土の背後にいる人物に見当をつけてたのかもしれないな。きっとそうにちがいありません」

「真の黒幕は仙台在住なんだろうか」

「そうなのかもしれませんね。あるいは、黒幕は何か仙台にゆかりがあるんでしょう」

「カード偽造グループのアジトは？」

「都内のリースマンションを転々としてるようです。振り込め詐欺集団も首都圏のホテル、リースマンション、レンタルルーム、カラオケなどに集まって、被害者宅に偽電話をかけてるようです。犯行に使われてるのは、すべてプリペイド式の携帯や他人名義のスマートフォンだという話でした」

「そうですか。先輩が仙台に関わりのある資料を集めてたなんてことは？」

八雲は問いかけた。

「それはなかったですね。ただ……」

「ただ？」

「彼が失踪する四、五日前だったと思います。国会図書館で三年前の高速バスジャック事件の新聞記事を縮刷版で読んで、それを拡大コピーしてもらったようですね。九鬼さんの取材ノートに、それが挟んであったんですよ」

「乗っ取られたのは、『新みちのく交通』の高速バスでしょ?」

「ええ、そうです。よくご存じですね」

　鴨下が驚いた表情になった。

「乗っ取られた高速バスに、わたしの婚約者の妹が乗り合わせてたんですよ。それで、彼女は犯人のひとりに刃物で顔を傷つけられてしまったんです」

「それは、お気の毒に。バスが乗っ取られたのは、確か福島県内だったと思うがな」

「ええ、そうです。犯人たちは高速バスを阿武隈ＰＡに入れさせ、二人の乗客と運転手の計三人を死なせたんですよ」

「そうでしたね。しかし、犯行現場は福島県です。九鬼さんは別の取材で、切り抜きのコピーが必要だったんじゃないのかな?」

「ええ、多分ね」

　八雲は同調した。九鬼が取材していたカード偽造犯罪や振り込め詐欺は、どう考えてもバスジャック事件とは関連がない。

「昼過ぎに九鬼さんの奥さんに弔慰《ちょうい》の電話をしたときに他殺だったと聞いてね、わたし、直感的に安土の雇い主が事件に深く関与してるなと思ったんですよ。八雲さんは、どう思われます？」

「その推測は的外《まとはず》れではないでしょう。鴨下さん、安土のことはまだ捜査員に話されてないですよね？」

「ええ」

「できたら、そのことはしばらく伏せておいてほしいんです」

「まさかあなたが犯人捜しをする気ではありませんよね？」

「そのまさかです。九鬼先輩には何かと世話になったんですよ。だから、恩返しの真似事をしたいんです」

「しかし、素人の手に負えることじゃないでしょ？」

「ええ、わかってます。犯人を突きとめることはできないでしょうが、じっとしていられない気持ちなんです」

「九鬼さんは、いい後輩に恵まれたな。羨《うらや》ましいですよ。それはともかく、無鉄砲なことはしないほうがいいな」

「身に危険が迫ったら、すぐ警察に協力を仰《あお》ぐことにします」

「そうしたほうがいいでしょう」

鴨下が心配顔で言った。

八雲は謝意を表し、腰を浮かせた。講文社を出たとき、亜矢から電話がかかってきた。

「九鬼さんは殺されたのね。テレビニュースで、そのことを知ったの」

「そう」

八雲は町田署の折笠刑事から聞いたことを話し、講文社の鴨下に会うまでの経緯《いきさつ》も喋った。

「なぜ九鬼さんは、三年前のバスジャック事件の新聞記事の写しなんか持ってたのかしら？」

「おそらく先輩は、複数のテーマを追いかけてたんだろう。それで、高速バス乗っ取り事件のスクラップの拡大コピーを持ってたんじゃないのかな？」

「九鬼さんは乗っ取り犯に取材して、あの事件を長編ノンフィクション作品にするつもりだったのかしら？　妹の頬を傷つけた神崎は千葉刑務所で服役中のはずだけど、もうひとりの堀江って犯人は半年近く前に栃木の刑務所から仮出所してるのよ」

「堀江というのは、高速バスの運転手を突き倒して死なせた奴だったよな？」

「ええ、そう。傷害致死だったんで、刑期が短かったのよ。それに堀江は人質の乗客に手荒なことはしなかったから、そのあたりのことでも情状酌量《しやくりよう》されたんじゃない？」

「そうなんだろうな。それはそうと、おれは元大学教授の安土謙吾を少しマークしてみようと思ってるんだ」

「ダミーの首謀者と思われる人物ね？」

「そう。安土を操《あやつ》ってる黒幕が二つの非合法ビジネスで荒稼ぎしてると考えられるからな。教え子の女子大生におかしなことをして、大学教授の肩書と収入を失った安土が真の黒幕とは思えないんだよ」

「ええ、そうね。わたしも、安土という元大学教授はお金で抱き込まれた表向きのボスなんだと思うわ。それはそうと、少し前に偽名を使って、高石美容クリニックの院長に会ってきたの」

「美容整形の特集を組むとか言って、相手の気を惹《ひ》いたんだな？」

「そう。高石院長は大いに関心を示して、自分のクリニックはアメリカ製の最新医療機器を揃《そろ》えてるからと得々と自慢してたわ。それから彼は、妙な話を持ちかけてきたの」

　亜矢が言った。

「妙な話って？」

「『女性公論』の特集記事を読んで高石美容クリニックで整形手術を受ける気になった人がいたら、わたしに個人的にひとりに付き二十万円の謝礼を払うって言ってたのよ。だから、できるだけ自分の腕のよさを記事でアピールしてくれって。高石院長は何か事情があって、手っ取り早く荒稼ぎしたいんでしょうね」

「多分、そうなんだろう」

「それから偽の取材中に『荻原企画』の荻原社長が高石院長に電話をかけてきたの。高石の受け答えから推察すると、リッチな親を持つ売れないタレントに全身整形を施《ほどこ》してくれって話だったみたい」

「高石の反応は?」

「ふざけて、『毎度ありーっ』なんて言ってたわ。それから、高石院長は『いつものように、ちゃんと挨拶しますよ』とも言ってたわね」

「高石が手術の一部を荻原に還元してることは間違いなさそうだな」

「ええ、そうね。高石が金儲けのためにわざと手術ミスをしてる証拠を握ったら、わたし、両親と相談して告訴するわ。盛岡では自殺者が出たんだし、妹の麻里も死のうとしたわけだから、黙ってられないわよ」

「そうだな」

「健人さんはこちらのことは気にしないで、九鬼さんの事件の犯人を追って」

「少しの間、そうさせてもらうよ」

八雲は言って、通話を切り上げた。それを待っていたように、直属の課長から電話がかかってきた。課長は鳥越恭太郎《とりごえきょうたろう》という名だった。

「おまえ、きょうはずっと外回りだったっけ？」

「ええ、そうです」

「予程表に何も書かれてないぞ。おまえ宛に何本も電話があったんだ。全部、スチールの借り出しの申し込みだったんで、おれが代行したけどさ」

「すみません。今度っから、翌日のスケジュールはちゃんと板書《ばんしょ》します」

「頼むぞ。きょうは出先から直帰《ちょっき》なんだな？」

「ええ、あと二社ほど回るつもりです」

八雲は電話を切ると、地下鉄駅に潜《もぐ》り込んだ。柿の木坂の安土邸に行く気になっていた。

3

気後《きおく》れしそうだ。

安土邸は、高級住宅街の中でも一際《ひときわ》目立つ邸宅だった。庭木の繁る向こうに、趣《おもむき》のある洋館が見える。

　まず元大学教授の顔を確認しなければならない。八雲健人は門柱に歩み寄り、インターフォンのボタンを押した。

　ややあって、男の声が流れてきた。

「どなた？」

「毎朝日報《まいちょうにっぽう》文化部の清水《しみず》と申します」

　八雲は、もっともらしく言った。

「新聞社の人か。で、用件は？」

「安土謙吾先生でいらっしゃいますね？」

「もう先生じゃないよ。東都女子大を二年前に辞めてしまったんでね。いまは、ただの初老フリーターさ」

「社会学者として、うちの首都圏版に連載コラムをお書きいただきたいと思いまして、うかがったわけです」

「ぼくは社会学関係の本は十冊以上書いたが、エッセイ風の文章はうまくないんだ」

「いいえ、いいえ。なかなか洒脱《しゃだつ》な筆で、エッセイストとしても一流だと思います」

「そんなふうに誉《ほ》められると、なんだかこそばゆくなるね」

「連載回数は年に六十回です。月に四、五回掲載《けいさい》することになります。一回分として、四百字詰め原稿用紙で二枚以内でお願いしたいんですよ」

「八百字以内ってことだね？」

「はい。もちろん手書き原稿でなくても、別に問題はありません。パソコンで打っていただいてもいいんです。一回分の原稿料は税込みで六万円で、いかがでしょうか？」

「一枚三万円もくれるのか。学術書関係の原稿料の十倍以上だね」

「総原稿枚数は百二十枚程度ですから、そのままでは単行本化できません。そういうことも考慮して、原稿料を決めさせていただいたわけですよ。連載が終わって加筆していただけたら、小社の出版部で先生の単行本を出させていただくつもりです。ぜひ、ご執筆いただけないでしょうか？」

「もう少し詳しい話を聞かせてもらおうか。いま、門扉《もんぴ》の内錠を外すよ。少し待っててくれないか」

「はい」

　八雲は言って、門柱の陰に隠れた。

　一分ほど経《た》ってから、洋館の玄関ドアが開いた。八雲は少し横に動いた。ポーチには、五十代半《なか》ばのロマンスグレイの男が立っていた。安土だろう。

八雲は安土邸から離れ、物陰に身を潜《ひそ》めた。

安土邸の門扉が内側に吸い込まれた。

「おーい、新聞社の人、どこにいるんだ？　わたしが安土謙吾だが……」

ロマンスグレイの男が言いながら、往来に目をやった。八雲は、じっと動かなかった。

安土は首を傾《かし》げると、門の扉を閉《と》ざした。石畳のアプローチを逆戻りし、ほどなく洋館の中に消えた。

これで、安土の顔は憶《おぼ》えた。八雲は、そのまま張り込みつづけた。

安土邸に灰色のエルグランドが横づけされたのは、午後五時半ごろだった。エルグランドの助手席から降りた二十歳前後の娘は厚化粧で、へそ出しファッションだ。白いスカートは、マイクロミニだった。

エルグランドを運転している四十男が娘に何か言い、車を発進させた。

けばけばしい姿の娘が安土邸のインターフォンを鳴らした。物馴《な》れた仕種《しぐさ》だった。八雲は耳をそばだてた。

すぐにスピーカーから、安土の声が洩《も》れてきた。

「七瀬《ななせ》ちゃんだな？」

「そう。いつも七瀬を指名してくれて、ありがとうね」

「きみは、いい娘《こ》だからな。こないだ頼んだ件だが……」

「ちゃんとベロにピアスを入れてきたよ。教授は、いつも色をつけてくれるから、できるだけ尽くさないとね」

「いい娘《こ》だ、いい娘《こ》だ。いま、門の扉を開けてやろう」

「うん、お願い！」

七瀬と呼ばれた女が舌足らずな喋り方をした。

洋館の中から安土が走り出てきた。元大学教授は手早く門扉の内錠を解《と》くと、七瀬を邸内に招き入れた。二人は、じきに家の中に入った。安土は、デリバリーヘルス嬢を自宅に呼んだのだろう。

八雲は煙草をくわえた。

七瀬が邸内から現われたのは、午後七時過ぎだった。彼女は腕時計を見ながら、夜道の向こうを透《す》かし見ている。迎えの車を待っているのだろう。

八雲は暗がりから出て、七瀬に話しかけた。

「きみは、デリバリーヘルスの仕事をしてるんだね？」

「だ、誰なの⁉」

「警察の者じゃないから、安心してくれ。安土のことで、二、三、教えてもらいたいだけだよ」

「何が知りたいの？」

「安土は上客らしいが、いつから指名されるようになったんだい？」

「ちょうど一年ぐらい前かな。教授は風俗関係の情報誌を見て、あたしが所属してるクラブに電話をしてきたの。で、たまたまあたしが派遣《はけん》されたわけ」

「そうか」

「強引にホンバンをしようとする客が多いんだけど、教授はちゃんとルールを守ってくれるのよ。それで、毎回、十万円も払ってくれるの。一番の上客ね」

「安土の家で、客を見かけたことはあるかい？」

「ううん、一度もないわ」

「そう」

「あんた、探偵か何かなの？」

「想像に任せるよ。ありがとう」

八雲はデリバリーヘルス嬢から離れた。それから間もなく、見覚えのあるエルグランドが七瀬の前に停まった。七瀬が助手席に乗り込み、運転席の四十年配の男に何か告げた。

エルグランドから四十絡《がら》みの男が降り、足早に近づいてきた。

八雲は身構えた。男が立ち止まった。

「おたく、本当は警察の方なんでしょ？　うちのクラブは、どの娘《こ》にもホンバンはやらせてないですよ。ヘルス嬢の派遣そのものは違法じゃないわけだから、営業妨害をしないでほしいな」

「何か勘違いしてるようだな。おれは、お巡りなんかじゃない」

「ほんとに⁉」

「ええ。調査関係の仕事に携わってるんだ。ある私立大学に頼まれて、安土謙吾の素行調査をしてるんですよ」

八雲は言い繕《つくろ》った。

「依頼主は、安土先生を教授として迎え入れようってわけですか？」

「うん、まあ」

「デリバリーヘルス嬢と遊んでることは伏せてやってください。安土先生はまだ五十代なんです。独身なんだから、仕方がないでしょ？」

「野暮なことは、調査報告書には書きませんよ」

「そうしてやってください。うちにとって、安土先生は最高の上客なんですよ。ひとつよろしく！」

男は頭を軽く下げると、エルグランドに駆け戻った。

八雲は、ひとまず安堵した。そのとき、エルグランドが走りはじめた。八雲は空腹だったが、そのまま張り込みを続行した。

安土が邸《やしき》から現われたのは午後八時過ぎだった。軽装で、ウォーキングシューズを履《は》いている。夜の散歩が日課になっているのか。

八雲は一定の距離を保《たも》ちながら、元大学教授を尾行しはじめた。

安土は閑静な住宅街をのんびりと歩き、やがて東横線の学芸大学《がくげいだいがく》駅に達した。だが、電車には乗らなかった。駅前通りの中ほどにある小料理屋『みよし』に入った。

八雲は少し間《ま》を取ってから、『みよし』のガラス戸越しに店内を覗《のぞ》き込んだ。

安土は素木《しらき》のカウンターに向かって、和服姿の美人女将《おかみ》と何か談笑していた。女将は三十七、八歳で、典型的な瓜実顔《うりざねがお》だ。切れ長の目が色っぽい。

出入口に近いカウンターには、中年のカップルが坐っている。ほかに客の姿はなかった。テーブル席はない。

狭い店内に入るのは、まずい。

八雲はそう判断し、『みよし』の斜め前にあるティー&レストランに入った。道側は嵌《は》め殺しのガラス窓になっていた。小料理屋の出入口は見通せた。

八雲は窓際の席に落ち着き、コーヒーとドライカレーを注文した。先にコーヒーが運ばれてきた。

コーヒーカップが空になったとき、タイミングよくドライカレーが届けられた。八雲はスプーンを手に取り、ドライカレーを食べはじめた。

チキンが幾分《いくぶん》固かったが、味は悪くない。ドライカレーを胃袋に収めると、八雲はゆったりと紫煙をくゆらせた。

急に土砂降《どしゃぶ》りの雨が降りだしたのは、九時四十分ごろだった。

じきに雨は止《や》むと思っていたが、雨勢は強まる一方だった。雨天の尾行は難しそうだ。

安土が今夜、誰かと会う様子はなさそうだ。久我山の塒《ねぐら》に引き揚げることにした。

八雲は椅子から立ち上がり、勘定を払った。店を出ると、雨の中を走りはじめた。

学芸大学駅に着いたときは、全身ずぶ濡れだった。頭髪も、たっぷりと雨を吸っていた。八雲はハンカチで髪の気を拭《ふ》きながら、切符売り場に急いだ。

溜息が出そうになった。

客は、常連の水道配管工ひとりだけだった。山脇《やまわき》という姓で、自分よりも二つ若い。

木元千春は酒棚《さかだな》に凭《もた》れて、モアに火を点けた。

こんなに店が暇《ひま》なのは珍しい。アルバイトのホステスが数日前に夏風邪《かぜ》をこじらせ、店に出ていないせいか。それとも、あいにくの雨が客足を鈍《にぶ》らせているのだろうか。

JR田端《たばた》駅のそばにあるスナック『相合傘《あいあいがさ》』だ。

千春はオーナーママだった。三年前にパトロンの市村一輝から貰った手切れ金の一千万円を元手にして、この店を開いたのである。

できることなら、垢《あか》抜けた盛り場で小粋なジェントルバーを開きたかった。大人の風格を備《そな》えた中高年男性を相手にしていれば、経営は順調にいくと考えたのだ。運がよければ、新しいパトロンと出会えるかもしれない。

しかし、一千万円の事業資金では、その夢は叶《かな》えられなかった。やむなく千春は店舗を安く借りられる下町で、気軽に入れるスナックを開業したわけだ。

カウンター席に十人、ボックスシートに六人しか坐れない。客単価は五千円弱だが、それなりに繁昌《はんじょう》していた。

アルバイトの専門学校生の安寿《あんじゅ》は満十九歳で、性格が明るい。カラオケのレパートリーも多かった。終戦後流行《はや》ったという『カスバの女』まで知っていた。Jポップスはもちろん、ジャズのスタンダードナンバーも歌えた。根っからの歌好きなのだろう。

安寿のファンは少なくなかった。ママの千春も、ぎりぎりのお色気サービスを売りものにしてきた。酔った男たちに胸や尻《しり》を触られても、決して怒ったりしない。そんなことで、自分を目当てに通ってくる客も多かった。

「安寿ちゃんの体の具合はどうなの？」

山脇が焼酎《しょうちゅう》の緑茶割りを啜《すす》ってから、千春に問いかけてきた。

「明日は無理でも、明後日《あさって》は出られると思うわよ」

「そう」

「安寿がいないと、つまらない？　山《やま》ちゃんは安寿に関心があるみたいね」

「おれは、ママ目当てで店に通ってんだ。気づいてると思ってたけどな」

「あたしよりも二つも年下のくせに、生意気《なまいき》よ」

「おれ、中学生のころからさ、ずっと年上の女性に憧《あこが》れてたんだよ。自分の同年《タメ》とか年下の女の子はガキっぽくて、なんかすぐに退屈しちゃうんだ」

「年上の女に憧れてるうちは、まだまだ子供ね。成熟した女が神秘的に見えるんだろうけど、それは幻想よ。気取った女たちだって、ひと皮剝《む》いたら、ただのお姉さんやおばさんなんだから」

「そうかな。おれは、ママのことは理想の女と思ってるんだ」

「あら、ありがとう」

「一度ママに訊こうと思ってたんだけどさ、パトロンとか彼氏がいるんでしょ?」

「どっちもいないわよ」

千春は煙草の火を揉《も》み消しながら、山脇に艶然《えんぜん》と笑いかけた。

水商売の女は、どの客にも淡い期待を懐《いだ》かせなければならない。たとえ同棲している男や夫がいても、それを隠すものである。

酒場に集まる男たちは、誰もが心の渇《かわ》きを癒《い》やしてもらいたいわけだ。寂しさや不安を忘れたくて、足繁く通ってくる。むろん、酒場の女を口説《くど》くことだけが目的の男もいるだろう。

水商売で成功したかったら、そういう常連客に気を持たせて巧《たく》みに甘えることだ。千春はホステス稼業で、そのことを学んでいた。

「ママほどのいい女に特定の男がいないなんて、おれ、信じられないよ」

「水商売の女は男関係がルーズと思われがちだけど、オーナーママはたいがい身持ちがいいものよ。いろんな男とくっついたり離れたりしてたら、商売に身が入らないでしょ?」

「なるほど、そうだよね。おれ、しっかり稼いで、ママの彼氏になれるような男になるよ」

「わたしはわがままよ。それに、お金にケチな男は嫌いなの。お金にケチな男は、心までケチなものだから。他人《ひと》のために汗をかいたりしないし、涙も流さない。要するに、そういう奴はエゴイストなのよ」

「ママは、大人なんだな。言うことが小娘たちとは大違いだ。おれ、スコッチはあまり飲まないんだけどさ、オールドパーのボトルを入れといてよ」

「山ちゃん、そんなに無理しなくてもいいのよ。年下の男の子に甘えるわけにはいかないわ」

「おれ、少しでもママをサポートしたいんだ。年の差は縮めようがないけどさ、おれ、大人の男になるよ」

「あら、頼もしい！」

「こんなに客がいないんじゃ、商売になんないよな。ママ、スコッチのボトル二本入れていいよ」

「二本だと、三万を超えちゃうわよ」

「大丈夫だよ。もうじきボーナスも貰えるからさ」

山脇が言った。背伸びをする年下の男はかわいい。千春は、少しばかり母性本能をくすぐられた。

カウンターから出て、ＣＤプレイヤーにサラ・ヴォーンの『ラバーズ・コンチェルト』

のCDをセットする。

「山ちゃん、踊ろう」

「うん」

山脇が子供のようにうなずき、スツールから滑り降りた。千春は山脇を抱き寄せ、静かにステップを刻みはじめた。チークダンスだ。

山脇がここぞとばかりに体を密着させてくる。千春は好きにさせておいた。

サラ・ヴォーンの歌声が熄《や》んだとき、店のドアが開いた。

千春は素早く山脇から離れた。どの客にも嫉妬心を起こさせてはいけない。男同士のジェラシーは根深い。客同士がいがみ合ったら、どちらか一方は店に背を向けることになる。そうなったら、売上が落ちてしまう。

山脇が慌《あわ》てて自分の席に戻った。

千春は客の顔を見て、口の中で呻《うめ》いた。なんと客は堀江恒生だった。三年前、かつてのパトロンの市村に頼まれて、引ったくりの濡衣を被《かぶ》せた相手だ。

——険《けわ》しい顔をしてるから、きっと何か仕返しをしに来たにちがいないわ。

千春はカウンターの中に引っ込んだ。

堀江はカウンターの端に坐り、ビールをオーダーした。千春は深呼吸してから、堀江のグラスにビールを注《つ》いだ。それでも、指先が少し震えてしまった。

堀江は黙ってビールを傾けるだけで、まったく口を利《き》かない。そのくせ、千春の顔から視線を逸《そ》らさなかった。山脇は居心地が悪そうだった。

「ママ、チェックして」

「まだいいじゃないの、山ちゃん」

「明日の現場、ちょっと遠いんだよ。だから、今夜は早く寝ないとね」

「そうなの」

千春は勘定を計算し、三万六千円の現金を受け取った。山脇は逃げるように帰っていった。堀江が不気味だったのだろう。

「おれのこと、忘れてないよな?」

堀江が訊いた。

「どこかで一度会ってるような気がしますけど、どなたでしたっけ?」

「役者だな。この店、市村一輝から貰った謝礼でオープンしたんだろう?」

「市村さん?　謝礼って?」

千春は空とぼけた。

「あんたは、おれを変態気味の引ったくり犯に仕立てて、パトロンの市村から少しまとまった金を貰ったはずだ」

「誰かと勘違いされてるようね」

「とぼけるなっ」

堀江が拳《こぶし》でカウンターを叩いた。千春は竦《すく》み上がった。さりげなくトイレに逃げ込み、スマートフォンで同棲中の誠《まこと》に救いを求めた。

二十六歳の誠は元ホストだが、いまは千春のヒモだ。パチスロのプロになることを夢見ているが、一度もプラスになった月はない。

同棲して一年数カ月になるが、取柄《とりえ》は喧嘩が強いことだけだ。客同士が揉《も》めたりすると、近くの賃貸マンションに住んでいる誠を呼ぶことにしていた。

千春は誠が駆けつけてから、ようやくトイレから出た。誠は堀江のそばに坐り、挑発的な眼差《まなざ》しを向けていた。

「ママ、帰るよ」

堀江が怯《おび》えた顔で言って、そそくさと立ち上がった。

千春は酒代を受け取ると、無言で堀江を送り出した。そっと胸を撫《な》で下ろす。

「クラブ時代の客か。おまえ、さっきの男をカモにしたんじゃねえの？」

誠が言った。

「違うわよ。さっきの男、誰かとわたしを間違えてるんだと思うわ。こっちは、まったく記憶がないもの」

「ふうん。ま、いいや。今夜は、もう客なんか来ねえだろ？　店、早仕舞《はやじま》いにしちまえよ」

「そうはいかないわ。誠は部屋に戻ってて」

「千春、脱げよ」

「え？」

「鍵掛けてさ、カウンターの上で抱き合おうや。ちょっとスリリングだと思うぜ」

「ばか言わないでよ。早くマンションに戻ってちょうだい。誠が店にいると、常連さんたちに気まずい思いをさせるでしょうが」

「千春ママは、みんなのアイドルってわけか。わかったよ。せいぜい稼いでくれ」

「ええ、そうするわ」

千春はカウンターの中に入り、グラスを洗いはじめた。誠が店を出ていった。

午前零時まで待ってみたが、誰も客は訪れなかった。本来は午前二時まで営業しているのだが、早目に店を閉めることにした。

千春は戸締まりをして、自宅マンションに向かった。

いくらも進まないうちに、暗がりから人がぬっと現われた。堀江だった。傘は持っていない。雨にしぶかれている。異様だ。恐怖が湧《わ》いた。

「何よ、何なのよっ」

千春は虚勢を張ったが、自然に後ずさりしていた。

「あんたをどうこうする気はない。市村の潜伏先を教えてほしいんだよ」

「市村なんて奴は知らないって言ったでしょ！」

「世話を焼かせるなって」

ずぶ濡れの堀江が怕《こわ》い目で、大股で歩いてくる。千春は雨傘を投げ出し、路地に逃げ込んだ。すぐさま堀江が追ってきた。

千春は逃げ回っているうちに、袋小路に追いつめられた。

堀江が雄叫《おたけ》びめいた声をあげ、千春の首を両手で絞めつけはじめた。

「市村に頼まれて、おれを陥《おとしい》れたんだな？」

「く、苦しい！」

「殺されたいのかっ。市村に頼まれたんだろっ」

「そ、そうよ。わたしの店、よくわかったわね？」

「あんたのホステス時代の仲間から、『相合傘』のことを教えてもらったのさ。市村から、いくら貰ったんだ？」

「一千万円よ。でも、それは手切れ金なの」

「そんなことに、どうでもいい。市村はどこに隠れてるんだ？」

「お金を受け取ったとき、パパは、市村はタイに行くと言ってたわ。あたし、それしか知らない。嘘じゃないわ」

「市村は、この日本のどこかにいる気がする。どこか思い当たる場所は？」

「わからないわ。でも、市村は確か仙台の出身よ。彼の実家に行ってみたら？」

「実家は仙台のどこにあるんだ？」

「そこまではわからないわ。本当だってば」

「そうか」

堀江の両手から力が抜けた。千春は、その場に頽《くずお》れた。堀江は小走りに走り去った。

千春はすぐには立ち上がれなかった。全身がわなないていた。

4

くしゃみが出た。

前夜、雨に打たれたからだろうか。八雲健人は職場の自席でパソコンに向かっていた。先々月に買い付けたイラン映画の興行成績は芳《かんば》しくない。予想はしていたが、この数字では確実に赤字になってしまう。内容が地味すぎたのか。頭が痛い。

「八雲、ちょっと来てくれ」

課長の鳥越が大声で呼んだ。八雲は自分の机から離れ、課長の席に急いだ。

「例のイラン映画、惨敗《ざんぱい》だな」

「ええ、残念ながら」

「内乱で両親を失った少女とクルド人老人の心の交流が美しく描《えが》かれてるんだが、一般受けはしなかったんだな」

「生きる軸足《じくあし》が定《さだ》まりにくい時代ですから、観客の共感を得られると期待してたんですがね」

「確かに、人間に大切なものは何かってことを教えてくれる佳作だった。しかし、そのメッセージが前面に出すぎてたのかもしれないな」

「そうなんでしょうか」

「八雲は、なかなかの目利きだね。それは素直に認めよう。しかし、ビジネスのことも少しは考えてくれないとな。さっき役員に呼ばれて、当分、西アジアのフィルムは買い付けるなと釘《くぎ》をさされたんだ」

「課長の立場まで悪くさせてしまって、申し訳ありませんでした」

「そんなこと気にするな。しかしな、おれたちは慈善事業をやってるわけじゃないんだ。優《すぐ》れた映画を押さえて、収益も上げなきゃいけないんだよ。つまり、いつまでも青臭い映画青年では困るわけだ」

「そのことは、わかってるつもりです」

「だったら、もう何も言わないよ。基本的には、おまえが気に入ったフィルムの上映権を買えばいいさ。ただし、興行収入を均《なら》したときに赤字になったら、別のセクションに移ってもらうぞ」

「わかりました」

「もういいよ」

鳥越が小さく顎《あご》をしゃくった。八雲は目礼し、自分の席に戻った。あと数分で、午後二時だ。

八雲はマウスを引き寄せた。ちょうどそのとき、机上の電話機が鳴った。八雲は受話器を手に取った。

「講文社の鴨下です」

「実は九鬼さんに関することで、新事実がわかったんですよ」

「やあ、どうも！」

「どんなことなんです？」

「わたしの高校時代の友人が東京保護観察所にいるんですが、その保護観察官の話だと、九鬼さんは失踪する二日前に彼の職場を訪ねたらしいんですよ。三年前の高速バス乗っ取り事件の実行犯のひとりの堀江恒生にインタビューしたいからって、彼の現住所を教えてほしいと言ったそうなんです」

「それで、九鬼さんは堀江の住まいを教えてもらったんでしょうか？」

「ええ。堀江は中野区東中野三丁目の清風荘《せいふうそう》の一〇五号室に住んでるらしいんですが、どうも九鬼さんは、そのアパートに行ったようなんです」

「カード偽造グループと振り込め詐欺集団を追ってたのに、よくそんな時間があったな」

「ええ、そうですね」

「もしかしたら、仮出所した堀江は犯罪組織のどちらかに関わってたんだろうか」

「わたしも一瞬、そう思ったんですよ。しかし、保護観察官をやってる友人によると、堀江はビルメンテナンスの会社で真面目に働いてるというんですよ」

「その会社の名、わかります？」

「はい。西新宿二丁目に本社がある『共和《きょうわ》メンテナンス・コーポレーション』です」

「そうですか。堀江は現場でオフィスビルの清掃の仕事をしてるんですね？」

「ええ。夜間勤務をしてるという話でした。担当保護司宅でちゃんと面接を受けてるそうだから、堀江が非合法ビジネス組織の一員である可能性はないと思います」

「ま、そうでしょうね。だとすると、なんで九鬼先輩は多忙なのに、わざわざ堀江に会いに行ったんだろうか。それが謎だな」

「そうですね」

「二つの非合法ビジネスと三年前のバスジャック事件は、どこかでリンクしてるのかな？」

「それは考えにくいと思いますが、九鬼さんが三年前の事件に強い関心を持ってたことは間違いないでしょう」

「と思います」

「今夜の通夜には出られるんでしょ？」

「はい」

「わたしも列席するつもりです。それまで、また情報を集めてみます」

　鴨下が先に電話を切った。

堀江恒生に会えば、何かわかるだろう。八雲は受話器をフックに戻すと、椅子から立ち上がった。スケジュールボードに歩み寄って、適当な訪問先を記《しる》す。

鳥越課長は何か書類に目を落としていた。

八雲は部屋を出て、すぐにエレベーターに乗り込んだ。会社を後《あと》にし、電車で中野に向かう。

清風荘を探し当てたのは、およそ一時間後だった。古ぼけたアパートで、両側には民家が迫っていた。アパートの敷地は四十坪もなさそうだ。

一〇五号室は一階の最も奥だった。ボール紙の表札は画鋲《がびょう》で留《と》められている。堀江という姓だけしか書かれていない。

八雲はドアをノックした。

ややあって、ドアの向こうで応答があった。若い男の声だった。

「堀江さんですね？」

「はい。どなたでしょう？」

「フリージャーナリストだった九鬼譲司氏の知人で、八雲と申します」

「あのう、どんなご用なんですか？」

「ここに九鬼さんが来たことはわかってるんです。ちょっとドアを開けてもらえませんかね。お願いします」

「その前に、そちらの目的を教えてくださいよ」

「九鬼さんだ自殺に見せかけて何者かに殺害されたことは、ご存じでしょ？」

「ええ、テレビのニュースは欠かさずに観《み》てますから」

「わたしは会社員なんですが、大学時代の先輩の九鬼さんにとても世話になったんですよ。それで、自分なりに事件のことを調べてるんです。ぜひ、ご協力ください」

　八雲は真剣に訴えた。

　すると、ドアが開けられた。堀江は寝呆《ねぼ》け眼《まなこ》だった。上はプリントTシャツで、下はカーゴパンツだ。

「まだお寝《やす》みだったんですね。それは、悪いことをしちゃったな」

「いえ、いいんです。そろそろ起きなければならない時刻ですから」

「手短に話を済ませます。九鬼さんは、三年前の事件のことを聞きに来たんでしょ？」

「ええ、そうです。犯行動機とか、事件状況なんかを詳しく教えてほしいって言われました。正直なところ、うっとうしいと思いましたよ。だけど、三万円の取材謝礼をくれるというんで、協力したわけです」

「そう」

「九鬼さんは、おれと神崎を唆《そそのか》した男のことをしつこく訊きました」

「それは市村一輝のことだね?」

「ええ、そうです。おれたち二人は市村に利用されたんですよ。あいつはおれたちに高速バスを乗っ取らせて、自分だけいい思いをしたにちがいない」

「いい思いって言うのは、身代金のことでしょ?」

八雲は確かめた。

「ええ、まあ」

「主犯格の市村は、『新みちのく交通』から身代金をどのくらいせしめると言ってたのかな?」

「警察や地検で喋った通りです。三億円ですよ。でも、もっとたくさんせしめたんじゃないのかな。なんとなくそんな気がしてるんだ」

「きみら二人の取り分は?」

「市村は、神崎とおれに七千万円ずつ分け前をくれると言ってたけど、最初っから、そんな気はなかったんだと思います」

「つまり、きみら二人は市村に騙《だま》された?」

「ええ、そうです。実に間抜けな話だけど、金が欲しかったんでね。その当時、おれは失業中だったんです。翌月には子供ができることにもなってたから、まとまった金が必要だったんですよ」

「それだけだったの、動機は？」

「えっ」

堀江が狼狽《ろうばい》した。

「市村に何か弱みを握られて、実行犯にさせられたなんてことは？」

「ありませんよ、そんなことは。おれも神崎も、単に金が欲しかっただけです。だけど、市村はおれたち二人を見捨てて、事件後にタイに高飛びしやがって」

「まだ市村はタイ国内にいるんだろうか」

「あの男、密かに日本に舞い戻ってるんですか⁉」

「そうだとしたら、市村に何か復讐《ふくしゅう》をしたい？」

「市村のことは殺してやりたいと思ってるけど、おれ、仕返しなんかしませんよ。そんなことしたら、また刑務所にぶち込まれちゃいますからね。服役中は屈辱的な思いばかりさせられたんで、もう懲り懲《ご》り《こ》りです」

「それでも、市村に対する憎しみと恨みは消えないんじゃないだろうか」

「ええ、それはね。でも、おれは市村に手を出したりしませんよ。人生を棒に振りたくないですからね。第一、あいつの居所もわからないし」

「わかったら、何か仕返しをしたい?」

「いいえ。ただ、千葉刑務所にいるという神崎は仮出所したら、市村を殺しに行くかもしれませんね。あいつは市村のせいで、無期懲役になったわけですから」

「そうだが、神崎が仮出所できるのは十年以上も先のことだ。十数年も歳月が流れたら、復讐心は萎《しぼ》むんじゃないのかな。三、四年は仕返ししたいと強く思うかもしれないが……」

「何か含んだような言い方をされたけど、おれ、市村に仕返しなんかしませんよ!」

「そう」

八雲は穏《おだ》やかに言ったが、むきになった堀江を訝《いぶか》しく思った。堀江は何かしでかす気でいるのではないか。

「市村のことは早く忘れて、再出発しようと考えてるんです」

「そのほうがいいね。ところで、九鬼さんは市村のことで何か言ってなかった?」

「まだ確かなことは言えないんだがと断りながらも、九鬼さんは市村一輝が国内にいるかもしれないと洩らしてました。それで、あの人はおれのとこに手がかりを求めにきたようだったな」

「ほかに何か言ってなかった？」

「市村が国内にいるとしたら、何か悪事に関わってるかもしれないとも言ってましたよ」

「そう。その悪事について、具体的なことは？」

「具体的なことは言わなかったですね」

「市村の出身地はどこなんだろう？」

「さあ、わかりません。あの男とは新井薬師前の居酒屋で顔見知りになっただけで、プライベートなつき合いはなかったですから」

堀江が忙《せわ》しく視線を泳がせた。市村の個人情報を摑んでいて、とぼけたのかもしれない。そうだとしたら、堀江は市村に報復する気でいるのではないか。

「もういいでしょ？」

「最後にもう一つだけ質問させてくれないか」

「なんでしょう？」

「もしかしたら、きみは九鬼さんを殺《や》った犯人に見当がついてるんじゃないのかな？」

「唐突《とうとつ》に何を言いだすんです!?　そんなこと、おれがわかるわけないでしょ！」

「妙なことを言って、申し訳なかった。いろいろ参考になったよ」

八雲は礼を言って、身を翻《ひるがえ》した。

の真の来訪目的は何だったのか。

足音が遠ざかった。

堀江恒生は額の冷や汗を拭《ぬぐ》って、ドアの内錠を掛けた。九鬼の知人だという八雲の真の来訪目的は何だったのか。

何か鎌をかけているような訊き方をされるたびに、心臓の鼓動《こどう》が速《はや》くなった。八雲という男は、九鬼譲司が市村の秘密を知っていたと推測しているのだろうか。

市村の言動を思い起こすと、何か非合法ビジネスで荒稼ぎしていることもうなずける。国外逃亡に何か裏があって、やはり市村は国内のどこかにいるのだろうか。郷里の仙台に行けば、市村の消息はわかりそうだ。しかし、旅費がない。どうしたものか。

堀江は寝具の上に胡坐《あぐら》をかいて、金策の方法を考えはじめた。少し経《た》つと、頭に同僚の有馬のことが浮かんだ。すぐにスマートフォンを使って、有馬に連絡する。

「堀江君、どうした？」

「実はお願いがあるんです。有馬さん、十万円ほど貸していただけませんかね。来月から、一万円ずつ必ず返しますんで」

「金は何に必要なんだい？」

「北海道にいる母親が先日、くも膜下出血で倒れて入院中なんですよ」

「おふくろさんの見舞いに行きたいんだな？」

「ええ」

「貸してやりたいとこだが、こっちも余裕がないんだよ。バツイチの風俗嬢に騙されて、へそくりをそっくり吐き出しちゃったんだ」

「そうなんですか」

「役に立てなくて、ごめんな」

有馬が詫《わ》びた。堀江は通話を切り上げ、次に保護司の伏見に電話をかけた。

「先生、十万円ほど拝借できないでしょうか？」

「お母さんの様子を見に行きたいんだね」

「ええ、そうです。おふくろのことが気がかりなんですが、あいにく旅費の都合《つごう》がつかなくて」

「いいよ、貸してやろう。十万じゃ心細いだろうから、出世払いで二十万円貸してやるよ。仕事に行く前に、お金を取りに来なさい」

伏見は、露《つゆ》ほども疑っていない。

堀江は後ろめたさを感じながら、電話を切った。目が潤《うる》みそうだった。

第四章　危ない性癖

1

結びの一行を打ち終えた。

伊吹亜矢はキーボードから指を浮かせた。職場の自席である。共働き夫婦の家事分担に関する記事をまとめ終えたところだった。

亜矢はパソコンに打ち込んだ見開き二頁《ページ》分の原稿を読み返しはじめた。

書き出しのエピソードは、やや冗漫な気がする。亜矢は五行ほど削除《さくじょ》した。

これで、読みやすくなったのではないか。いつも亜矢は推敲《すいこう》を重ねてから、自分の原稿を編集長に見せている。

大学で国文学を専攻した五十代の女性編集長は、きわめて文章にうるさい。陳腐《ちんぷ》な形容句を嫌い、文体のリズムを重んじている。もちろん、助詞の使い方にも厳しかった。

亜矢は入念に自分の原稿をチェックしてから、プリントアウトした。

それを編集長の席に持っていった。編集長は、すぐに亜矢の原稿に目を通しはじめた。いつものことながら、亜矢はどうにも落ち着かない。逃げだしたい気分だ。

「文章は、これでいいと思うよ。でもさ、小見出しにインパクトがないわね。ちょっと工夫してみて」

「はい」

「話は違うんだけど、うちの編集部員を装ってる女がいるみたいなのよ」

「どういうことなんです？」

「さっき、六本木の高石美容クリニックの院長から電話があってね、片桐奈緒《かたぎりなお》って編集部員の取材を受けたって言うのよ」

編集長が言った。亜矢は内心の驚きを隠して、ポーカーフェイスを崩《くず》さなかった。片桐奈緒というのは、偽インタビューの際《さい》に使った偽名だ。

「ライバル誌の厭《いや》がらせですかね」

「さあ？」

「高石院長の話によると、その偽編集者は美容整形の実態ルポとして記事をまとめたいと言ったらしいのよ」

「そうですか。仮にライバル誌がうちの雑誌の名を騙《かた》ったんだとしても、たいしたメリットはないと思うんですけど」

「ううん、あるわよ。偽の取材なわけだから、美容整形に関する記事は、うちの雑誌に永久に載らないわけでしょ？」

「ええ、そうですね」

「となったらさ、うちの雑誌は信用を失うわけでしょ？　少なくとも、高石院長はうちの雑誌に悪い印象を持つわ」

「それは、どうでしょう？　片桐という女性編集者はうちの会社にいないわけですから、むしろ院長はこちらに同情してくれるんじゃないんですか？」

「あっ、そうか。そうだろうね。二日酔いで、頭が回ってないな」

「編集長、また明け方近くまで飲んでたんでしょ？」

「ううん、昨夜《ゆうべ》は連載小説の挿《さ》し絵をお願いしてる宇津木《うつぎ》画伯と新宿ゴールデン街で梯子《はしご》酒《ざけ》だったの。画伯はもう七十一なのに、とても元気なのよ。五十三歳のわたしのほうが先にへろへろになっちゃったわ」

「画伯は万年青年と言われてる方ですから」

「えーと、なんの話をしてたんだっけ？」

「偽編集者のことです」

「そうだったわね。実害があったわけじゃないから、ま、いいか。席に戻ってもいいわよ」

編集長がプリントアウトを机の端に置いた。

亜矢は自分の席に戻った。偽名刺に自分の所属する雑誌名を印刷してもらったのは、不用意だった。ライバル誌の名を騙って取材を装うことは卑怯《ひきょう》な気がしたので、つい自分の勤務先と所属編集部名を印刷させてしまったのだ。

――こんなに早く高石が問い合わせの電話をかけてきたのは、わたしを怪しんだからかもしれないわ。今度、高石に接近するときは変装したほうがよさそうね。

亜矢は、小見出しを再考しはじめた。

それから間もなく、実家の母から電話がかかってきた。

「母さん、麻里の様子は？」

「退院してから、ずっと自分の部屋に引きこもったままよ」

「部屋の内錠は？」

「それは掛けなくなったけど、相変わらず塞《ふさ》ぎ込んでるの」

「そう」

「実はね、一時間ぐらい前に高石院長が直《じか》に電話をしてきて、再治療を受けないかって言ってきたのよ。最新のレーザー照射で、引き攣《つ》れは完全に消えるからって。ただし、治療費が二百万ほど必要らしいの」

「二百万も⁉」

「ええ。亜矢、どうすべきなんだろう？」

「迷うことなんかないでしょ！　はっきりと断るべきよ。先方の狙《ねら》いは、単なる金儲《もう》けなんだろうから」

「そうなんだろうね。やっぱり、お父さんが言ってるように麻里をアメリカに連れてって、向こうで最新の形成手術を受けさせたほうがいいのかしら？」

「わたしは、そのほうがいいと思う」

「ええ、そうするわ。場合によっては高石を告訴する気でいたんだから、ここで迷ったりしちゃ駄目よね」

「ええ、そうよ。母さん、しっかりしてちょうだい」

亜矢はそう言い、通話を切り上げた。

そのすぐ後、編集部の電話が鳴った。亜矢は反射的に机上の電話機に腕を伸ばした。

「自称片桐奈緒は、あんたなんだろ？」

男のくぐもった声が耳を撲《う》った。高石院長の声ではない。

「何番におかけでしょう？　こちらに、そういう者はおりませんが」

「編集部には、二十代の女性部員は三人いるそうだが、あんたは別の所でも偽取材をしてる。しかも、前回は勤め先も明かしてる。ちょっと無防備だったな」

「なんの話をなさってるんです？」

亜矢は喋《しゃべ》りながら、怯《おび》えに取り憑《つ》かれた。

電話の相手は、『荻原企画』の社長にちがいない。先日、刈谷ルイに取材を装って探《さぐ》りを入れたことを覚《さと》られてしまったようだ。

「あんた、何を嗅《か》ぎ回ってるんだ？　芸能人の美容整形なんて、いまや公然たる秘密なんだから、スクープ記事にはならないぜ」

「人違いなさってるようですね。電話、切りますよ」

「ちょっと待て！　あんた、刈谷ルイってテレビタレントと会ってるよな？　あの娘《こ》、きのうの晩、渋谷のセンター街で、頭のおかしい若い男に西洋剃刀《かみそり》で顔面を切られたんだ。もうタレント生命はおしまいだな」

「………」

「あんたは美人編集者らしいけど、少し気をつけたほうがいいぜ。世の中にゃ、変な奴らが大勢いるからさ。面《つら》を傷つけるだけじゃなく、ゲーム感覚で人を殺す奴もいる。それから、切断魔なんてのもいるな。殺されて手脚《てあし》をバラバラにされたら、人生を呪《のろ》いたくなるはずだ。な、そうだろ?」

「……………」

「ただの威《おど》しと高を括《くく》ってたら、大変なことになるぞ」

脅迫者が凄み、荒々しく電話を切った。

亜矢は震える手で、受話器をフックに戻した。冷めたコーヒーを飲み、気分を落ち着かせる。

亜矢はさりげなく席を立ち、編集部を出た。給湯室に入り、八雲に電話をかける。

「なんか声が沈んでるな。何かあったんだね?」

八雲が訊《き》いた。亜矢は事の経過を伝えた。

「そういうことがあったのか。脅迫電話をかけてきたのは、荻原社長と考えてもいいだろう。高石院長は荻原から刈谷ルイが偽取材を受けたって話を聞いて、編集部に問い合わせたんだろうな」

「ええ、おそらくね。高石は、頰《ほお》の手術を受けた麻里とわたしが姉妹であることまで知ったのかしら？」

「知られたと思ったほうがいいな。亜矢、今夜から、おれのマンションに泊まれよ。何か危害を加えられる恐れもあるからさ」

「健人さんを巻き添えにしたくないから、わたし、ウィークリーマンションを借りるわ」

「亜矢をひとりにしておくのは、なんか心配だな」

「ありがとう。わたしは大丈夫よ。でも、そんなことだから、九鬼さんの通夜には顔を出せそうもないわ」

「いいさ。先輩も、わかってくれるよ」

「奥さんによろしく言っといて」

「ああ」

「その後、そちらはどうなの？」

「九鬼先輩が三年前のバスジャック事件の実行犯のひとりの堀江恒生に会ってることがわかったんだ」

　八雲が言って、詳しい話をした。

「九鬼さんは実行犯を操ってた黒幕が例の二つの悪事に関与してるという感触を得たから、堀江に会いに行ったんじゃないのかしら？」

「多分、そうなんだろう。しかし、堀江が仮出所後に市村一輝と接触してる様子はなかったんだ。だから、市村が元大学教授の安土謙吾を表向きの親玉にして、カードの偽造や振り込め詐欺をやらせてるという証言は得られなかったんだよ」

「そう」

「九鬼さんの通夜に顔を出したら、また安土の動きを探《さぐ》ってみるつもりだよ」

「健人さん、気をつけてね」

亜矢は通話を打ち切った。


弔問客《ちょうもんきゃく》は引きも切らない。

それだけ多くの友人や知人が九鬼の死を悼《いた》んでいるのだろう。八雲健人は通夜が執《と》り行われているホールの片隅に立っていた。

セレモニーホールは、多摩川駅の近くにある。すでに八雲は献花と焼香を済ませていた。マスコミ関係者が訪れるたびに、彼は事件前の九鬼のことを訊いた。しかし、これといった収穫はなかった。

町田署の折笠刑事が焼香台の前に立ったのは、午後七時半過ぎだった。八雲は先にホールを出て、エレベーターホールにたたずんだ。三階だった。

数分待つと、折笠がホールから現われた。

「わざわざありがとうございました」

八雲は会釈《えしゃく》して、折笠を犒《ねぎら》った。

「通夜の客が多いんで、驚きましたよ。故人は、みんなに慕《した》われてたんだろうな」

「ええ。大学のアーチェリー部で一緒だった仲間が北は北海道、南は沖縄の宮古島《みやこじま》からも駆けつけてくれたんです」

「それは、たいしたもんだ」

「刑事さん、その後、捜査は進展してるんですか？」

「面目ない話なんですが、まだ容疑者さえ捜査線上に浮かんでないんですよ。九鬼さんは全身麻酔薬のペントバルビタール・ナトリウムを注射されてたわけだから、犯人は医療関係者と思われるんだがね。あるいは、製薬会社で働いてる者の仕業《しわざ》なのかもしれないな。どっちにしろ、一般市民は全身麻酔薬なんか容易に入手できない」

「ええ、そうですね」

「仕事関係の人たちの話だと、九鬼さんはカード偽造グループと振り込め詐欺集団のことを取材してたらしいんですよ。しかし、その二つの犯罪組織のアジトやメンバーをなかなか把握《はあく》できなくてね。敵はアジトをしょっちゅう変えてるみたいで、尻尾《しっぽ》を出さないんですよ」

「そうですか」

「しかし、必ず犯人《ホシ》は検挙《アゲ》ます。さっき未亡人にも同じことを言ったんだが、われわれにも面子《メンツ》があるからね。このまま迷宮《オミヤ》入りにはさせませんよ」

折笠が力《りき》んで言い、エレベーターの下降ボタンを押した。

八雲はホールに戻り、柩《ひつぎ》の近くにいる未亡人に歩み寄った。

「明日の告別式にも列席します。きょうは、これで失礼させてもらうよ。アーチェリー部の連中は交代で夜通し先輩のそばにいることになってるから」

「ありがとう。八雲さんには、すっかりお世話になってしまって……」

弥生が下を向いた。涙ぐんでいた。

八雲は黙って未亡人の肩を軽く叩《たた》き、そっとホールを抜け出た。

エレベーターで地下駐車場まで下《くだ》り、薄茶のサーブに乗り込む。スウェーデン製の車だが、新車ではない。五年前に製造された中古車だ。しかし、エンジンは快調だった。

セレモニーホールを出ると、八雲は車を柿の木坂に走らせた。

二十数分で、安土邸に着いた。豪邸の窓は明るかった。元大学教授は、読書に耽《ふけ》っているのだろうか。

八雲はサーブを安土邸の石塀《いしべい》に寄せ、ヘッドライトを消した。冷房を切り、パワーウインドーを下げる。

安土邸の前に黒塗《ぬ》りのハイヤーが横づけされたのは、午後九時数分過ぎだった。

邸宅から現われた安土は、きちんと背広を着ていた。ワイシャツは白で、ネクタイは地味な柄物だ。

安土がハイヤーに乗り込んだ。黒塗りの大型国産車は静かに走りはじめた。地を舐《な》めるような走行だ。

八雲はハイヤーの尾灯《テールランプ》がだいぶ遠のいてから、サーブをスタートさせた。

ハイヤーは邸宅街を走り抜けると、目黒《めぐろ》通りに出た。目黒駅方向に進み、白金《しろかね》にあるシティホテルの玄関口に停まった。

安土が車を降り、ホテルのエントランスロビーに入った。

八雲はサーブを車寄せの隅に駐《と》め、安土を追った。安土は地下飲食街に通じるエスカレーターの中ほどにいた。八雲はロビーを横切り、エスカレーターで地階に下った。

ちょうど安土が日本料理の老舗《しにせ》の出店《でみせ》に入るところだった。八雲は少し間《ま》を取ってから、同じ店に入った。

安土は奥のテーブル席で、四十年配の男と向かい合っていた。紳士然とした男だが、肌が浅黒い。ゴルフ灼《や》けだろうか。

店内は、それほど混んでいない。八雲は出入口に近いカウンター席に坐った。ビールと数種の肴《さかな》を注文する。

八雲はビールを傾けながら、安土たち二人を観察しはじめた。

安土は、どこか落ち着かなげだ。もっぱら相手の話に耳を傾けるだけで、ほとんど口を開かない。相手の表情は穏《おだ》やかだったが、その目は笑っていない。それどころか、ある種の凄《すご》みを秘めているようにさえ見える。

何者なのか。

八雲は煙草をくわえた。すると、板前のひとりが慌《あわ》てた様子で近づいてきた。

「相《あい》すみません。当店では、お煙草はご遠慮ください」

「ここ、禁煙だったのか。気がつかなくて、申し訳ない」

八雲はセブンスターをパッケージの中に戻した。

「食通の方々にごひいきにしていただいているものですから、この春から全面禁煙にさせてもらったんです」

「そうなのか。煙草の臭《にお》いは味覚を損うんでしょうね？」

「そうおっしゃるお客さまが多いものですから。どうかお気を悪くなさらないでください」

「ええ、気にしてませんよ。それよりも、奥のテーブル席にいる二人連れの色の黒いほうは、プロゴルファーでしょ？　テレビの中継で見た記憶があるんだ」

「いいえ、あの方はゴルファーではありません」

板前が安土と話し込んでいる四十男を見ながら、小声で言った。

「野球の解説者だったかな」

「いいえ、あのお客さまはファイナンシャル・プランナーをおやりになられているはずです。わたしも最初は色がお黒いので、プロのスポーツ選手と思ってしまったんですけどね」

「そう。有名なファイナンシャル・プランナーなんだろうか」

「さあ、どうなんでしょうね。お名前は鮫島孝行《さめじまたかゆき》さんとおっしゃるんですが、ご存じですか？」

「不勉強で、ちょっとわからないな。経済エコノミストと違って、ファイナンシャル・プランナーの数は多いようだから」

「そうなんですか」

「仕事の邪魔をしてしまって、ごめんなさい」

八雲は板前に詫《わ》び、ビアグラスを摑《つか》み上げた。鮫島のことをもっと知りたかったが、あまり詮索《せんさく》はできない。

酒肴《しゅこう》が届けられた。白子《しらこ》の衣揚《ころもあ》げは絶品だった。甘鯛《あまだい》の酒蒸《さかむ》しは、やや味つけが薄い気がした。関東の人間には物足りない。しかし、魚そのものはうまかった。

安土たちはコース料理を注文したらしく、仲居《なかい》が次々と料理をテーブルに運んでいる。飲みものは二人とも冷酒だった。

八雲は頃合を計《はか》って、先に店を出た。

ホテルの外に出ると、安土を乗せてきたハイヤーの後部座席には若い金髪美人が坐っていた。瞳は緑色で、肌が透けるように白い。

鮫島とかいう男が高級娼婦を安土に宛《あて》がって、自分から逃げられないようにしているのかもしれない。

八雲はハイヤーの横を通り抜け、サーブの運転席に入った。空調は作動させたが、ヘッドライトは点けなかった。

安土がひとりでホテルの玄関から出てきたのは、およそ三十分後だった。

ハイヤーの運転手がすぐに車を降り、リア・ドアを恭《うやうや》しく開けた。安土が後部座席に入り、高級娼婦と思われる白人女性の手を握った。

ほどなくハイヤーはロータリーを回り、ゆっくりと走り去った。八雲は、怪しいファイナンシャル・プランナーを尾行する気になっていた。

サーブの中で一時間ほど待ってみたが、色の黒い男は姿を見せない。八雲は車を降り、地階の日本料理店を覗《のぞ》いてみた。だが、どこにも見当たらなかった。

このホテルに投宿しているのか。それとも、地下飲食街から直接、外に出てしまったのだろうか。

八雲は、まずフロントに走った。鮫島孝行なる人物がチェックインしたかどうか確かめるつもりだったが、フロントは質問には答えられないと取りつく島もなかった。

八雲はフロントを離れ、また地下飲食街に降りた。

やはり、直《じか》に表に出られる階段があった。

なんてことだ。八雲は靴の底で、地を蹴《け》りつけた。

2

スリッパの音が熄《や》んだ。

自分の部屋の前だった。母の足音よりも重かった。父だろう。

伊吹麻里は幾分《いくぶん》、緊張した。CDミニコンポの音量を絞る。ベッドに凭《もた》れかかって、ソウルミュージックを聴いている最中だった。

「ちょっと入ってもいいかな」

ドア越しに、父の声がした。

「なんの話なの？　いまじゃなければ、駄目？」

「大事な話があるんだよ」

「そう。なら、いいわ」

麻里は言って、CDプレイヤーの停止ボタンを押した。ドアが開けられた。すぐに父は、部屋が暗いなと呟《つぶや》いた。

まだ昼下がりだったが、窓は白いレースのカーテンと縞模様《しまもよう》の遮光《しゃこう》カーテンで塞《ふさ》いであった。室内が明るいと、なぜか気が滅入ってしまう。逆に部屋を仄暗《ほのぐら》くしておくと、気持ちが和《なご》む。

「カーテンぐらい開けなさい。少しは外光を入れたほうがいい」

父は廊下に立っていた。娘の部屋に入ることにためらいがあるのだろう。中二になったときから、決して麻里の部屋には足を踏み入れない。

「大事な話って？」

「麻里、気分転換にアメリカ旅行しないか。なんだったら、北米大陸を縦断してもいい。父さんは仕事の都合で、ずっとは一緒にはいられないが、母さんは付き添うと言ってる」

「そう」

「旅のついでに、向こうの形成クリニックに行ってみないか。その病院の院長は女性でね、子供のころに顔に銃創《じゅうそう》を負ったらしいんだよ。父親の護身用ピストルをいじってるうちに、暴発してしまったという話だったな」

「ふうん」

「院長は年頃になって、傷痕《きずあと》のことで悩んだんだそうだ。それが動機になって、形成外科医になったらしい。彼女の手術の腕は、神業《かみわざ》に近いというんだよ。麻里、その院長の手でもう一度だけ形成手術を受けてみないか？」

「数度の形成手術と美容整形を一度受けてるんだから、もう期待なんかできない。わたし、アメリカになんか行きたくないわ」

「どうしても気が進まないか？」

「ええ、悪いけどね。いろいろ心配かけたけど、もうわたしの傷痕のことは気にしないで。わたし、そのうちカトリックの尼僧《にそう》にでもなるつもりだから」

「尼僧って、麻里は無神論者だったはずじゃないか」

「心境の変化ってやつよ。神にでも縋《すが》らなければ、生きていく自信がないの！」

麻里は喚《わめ》いた。

「そんなふうに投げ遣《や》りになっちゃいけないな」

「自分の悩みじゃないから、そういうふうに言えるのよ。家族といっても、本質的には他人とそれほど変わらないもんね。わたし、家族に自分のコンプレックスを理解してくれなんて言うつもりはないの。だからね、腫《は》れものに触るように接さないでほしいのよ」

「別に以前と接し方が違ってるとは思わんがな」

「ううん、明らかに違ってるわ。三年前の事件以来、父さんも母さんも、それからお姉ちゃんだって、わたしのことを哀《あわ》れんでるわ」

「麻里、それは違うぞ。みんなは麻里の心の傷を癒《い》やしてやりたいと思ってるんだ。決して哀れんでるわけじゃない」

「そんなのは、きれいごとだわ」

「麻里！　ひねくれたことを言うんじゃないっ。被害妄想も、いい加減にしなさい」

「とにかく、わたしのことにはもうかまわないでちょうだい。そう遠くない日に……」

「何を考えてるんだ？」

「もう自殺なんか図ったりしないわ。親の世話にならないで、ちゃんと自立するって意味よ」

「そうか、そうか。それは悪いことじゃない」

「探せば、あまり他人と接さなくてもいい仕事はあると思うの。たとえば、宝石の研磨《けんま》とか翻訳の下請けとかね。レストランの皿洗いでもいいわ」

「何か仕事をすることには、父さんも賛成だよ。生活環境が変われば、物の考え方も違ってくるだろうからな」

父が安堵《あんど》した顔つきで言った。

「何年も部屋に引きこもってても袋小路から出られないから、わたし、少しライフスタイルを変えてみようと考えてるの」

「それはいいことだね」

「自分で容姿コンプレックスを克服するつもりだから、もう手術のことは言わないで」

「わかったよ」

「何か困ったことがあったら、いつでも言ってくれ。必ず相談に乗るよ」

「父さん、ありがとう」

麻里はシャギーマットの上で正坐し、深く頭を垂れた。父は泣き笑いに似た表情になって、急いでドアを閉めた。足音はゆっくりと遠ざかっていった。

——自分が思ってるほど人間は他者には関心がないのかもしれないな。現にわたしだって、他人の顔をしげしげと見ることなんてないもの。きっとわたしは、自意識過剰なんだわ。少し勇気を出して、頬の引き攣《つ》れを人目に晒《さら》してみよう。

麻里は立ち上がって、窓辺に寄った。

カーテンを勢いよく払う。陽光が瞳孔《どうこう》を射《い》る。眩《まぶ》しいが、外の景色は気分を明るませてくれた。二階の出窓から庭木を眺めると、積極的に外出したくなった。

麻里はドレッサーに向かい、手早く薄化粧をした。濃いファンデーションを使えば、頬の傷痕はだいぶ隠せる。

しかし、麻里はリハビリメイクは施《ほどこ》さなかった。最初の挑戦だ。

麻里は自分の部屋を出て、階下に降りた。居間を覗くと、母が旅行会社のパンフレットを開いていた。

「アメリカには行かないけど、わたし、自力で起《た》ち直るから」

「父さんに何かきついことを言われたの？」

「ううん、別に」

「そう。なんだか急に表情が明るくなったみたいね」

「わたし、ちょっと散歩してくる」

「えっ⁉」

「そんなにびっくりしないでよ。この年齢《とし》で早くも足腰が弱ったら、みっともないじゃないの。だから、軽い運動をしなくちゃと思ったわけ」

「そうなの」

「ついでに買物をしてきてもいいわよ」

「特に足りないものはないんだけど、『天野屋《あまのや》』の前を通るんだったら、葛餅《くずもち》を買ってきて」

母が言った。麻里は大きくうなずき、玄関ホールに回った。

自宅は仙台市青葉《あおば》区の住宅街の一角にある。敷地は五百坪近い。

麻里は自宅を出ると、緩《ゆる》やかな坂道を下《くだ》りはじめた。陽射《ひざ》しは強かった。坂の下の大通りに出たときは、早くもうっすらと汗ばんでいた。

大通りをのんびりと歩く。多くの男女と擦《す》れ違ったが、麻里の顔をまともに見る者はいなかった。

四百メートルほど進み、母のお気に入りの和菓子屋に入る。店には、二代目の若旦那《だんな》がいた。四十七、八歳だ。顔見知りだった。

「おや、しばらくだね。すっかりきれいになっちゃって。見違えたよ」

ない。

「葛餅をワンパックください」

麻里は言って、二代目店主を見た。包装に取りかかったせいか、客には視線を向けてこない。

麻里は代金を払って、葛餅のパックを受け取った。『天野屋』を出て、さらに散策をつづける。三十分ほど歩くと、喉《のど》の渇《かわ》きを覚えた。

麻里はクラシックな造りの喫茶店に入った。店の外壁は、青々とした蔦《つた》で覆われていた。麻里は隅の席に坐り、アイスティーをオーダーした。

ほぼ満席だったが、客の好奇心に満ちた視線はまったく感じなかった。ウェイトレスと何度も目を合わせたが、相手の表情は変わらなかった。

自分は被害妄想気味だったようだ。

麻里はゆったりと寛《くつろ》ぎ、小《こ》一時間後に店を出た。まだ散歩できそうだったが、家に戻ることにした。

来た道を引き返していると、前方から女子高生らしい二人連れが歩いてきた。

どちらも身なりが派手だった。ひとりは髪を黄色に染めていた。もう片方は濃いサングラスをかけている。二人は舗道を塞《ふさ》ぐような歩き方をしていた。

麻里は舗道の端に寄った。それでも、黄色い髪の少女と体が触れてしまった。

「あっ、ごめんなさい」

「あんたさ、どこ見て歩いてんのよ。このくそ暑いのに、くっつくんじゃねえよっ」

相手が怒声を張り上げた。麻里は黙って頭を下げた。

そのとき、サングラスの少女が仲間の脇腹を肘《ひじ》で突ついた。その目は、麻里の頰の引き攣れに注《そそ》がれていた。黄色い髪の少女は、すぐに蒼《あお》ざめた。

「お、お見それしました。どうか勘弁してください」

「え？」

「どこかの姐《あね》さんとは気づかなかったもんですから」

二人の少女は戦《おのの》きながら、相前後して土下坐した。

「わたし、やくざ者の情婦《おんな》じゃないわ」

「でも、昔は女暴走族《レディース》でいい顔だったんでしょ？」

サングラスの娘が言った。

麻里は口を結んだまま、小走りに走りはじめた。やはり、頰の傷痕は目についてしまうらしい。駆けているうちに、視界がぼやけた。涙のせいだった。麻里は葛餅を胸に抱え込んだまま、自宅まで走り通した。

市役所の職員が首を横に振った。

仙台市である。市庁舎は、目抜き通りに面していた。

「市村一輝さんは恩人なんですよ」

堀江恒生は喰《く》い下がった。

「しかし、その方の実家の住所を教えるわけにはいきませんね。個人情報を漏らしたら、こちらが罰《ばっ》せられてしまうんですよ」

「ぼく、市村さんに礼を言いたいだけなんです。おたくに迷惑はかけません。だから、実家の住所だけでも教えてくれませんか」

「それはできません。お引き取りください」

相手も頑《かたく》なだった。こうなったら、ひと芝居打つしかない。

「実は……」

堀江は、わざと弱々しい声を出した。

「え？」

「ぼくね、血液の癌《がん》で余命《よめい》いくばくもないんですよ」

「ほんとですか⁉」

「ええ。医者には、あと半年も保《も》たないだろうと言われてるんです。生きてるうちに、実の親よりも世話になった市村さんに直《じか》に礼を言いたいんですよ。どうか例外を認めてください」

「個人的な気持ちとしては、なんとかしてあげたいと思いますよ。しかし、規則は規則ですんでね。公務員が規則を破るわけにはいかないんです。どうかこちらの立場もご理解ください」

職員が済まなさそうに言い、カウンターから離れてしまった。

堀江は肩を竦《すく》め、市役所を出た。

このまま、東京に戻るわけにはいかない。伏見保護司には北海道の母を見舞うと偽って、二十万円を借りた。何がなんでも、憎い市村に迫《せま》りたかった。

堀江は駅ビルに急いだ。

公衆電話コーナーの棚の下に、仙台市内のタウンページが入っていたことをふと思い出したからだ。急ぎ足で歩きつづけた。

やがて、目的の場所に達した。

堀江は棚からタウンページを取り出し、せっかちに頁《ページ》を繰《く》った。市村という名の付く商店や工場は十七軒あった。堀江は掲載順に一軒ずつ電話をかけ、親類に一輝という名の男がいるかどうか問い合わせた。

十一軒目で、ようやく努力が実った。市村のはとこに当たる人物が精肉店を経営していたのだ。その男に市村の実家の電話番号を教えてもらい、すぐに電話をかけた。すると、電話口に出た中年女性がはっきりと告げた。

「ええ、ここは一輝さんの生まれ育った家ですよ」

「失礼ですが、あなたは？」

「わたしは介護ヘルパーなんです。一輝さんのお母さんの和枝《かずえ》さんが三年ほど前から介護を要する体になってしまったんで、わたしがお世話させてもらってるんですよ」

「脳血栓《のうけつせん》か何かで……」

「いいえ、アルツハイマー型認知症なんですよ。昔風に言うと、痴呆症《ちほう》ってことですね」

「痴呆の状態は？」

「重度って診断されてるんだけど、和枝さんは昔のことを断片的に思い出したりするんですよ。それから、小学唱歌は歌詞もメロディーも完璧《かんぺき》に憶《おぼ》えてるの」

「そうですか。そちらに一輝さんは？」

「息子さんは三年前にタイに渡ったきり、音信がないそうよ。ほかに子供もいないし、旦那さんもとうに亡《な》くなってるんで、わたしが和枝さんのお世話をしてるの」

「わたし、昔、市村一輝さんにとってもお世話になったんですよ。出張で仙台まで来たもんですから、お礼にうかがおうと思ったんです。当人がいないんだったら、代わりにお母さんにお目にかかることにします」

堀江は、市村の実家の住所を聞き出した。仙台市泉区《いずみ》だった。電話を切る。

駅ビルの名店街で手土産《てみやげ》のクッキーを買い、バスターミナルに向かった。しかし、乗りたかったバスは数分前に出発してしまった。

堀江はタクシーを使って、市村の実家を訪ねた。

思っていたよりも、はるかに立派な邸《やしき》だった。門の構えもどっしりとしていた。

インターフォンを鳴らすと、介護ヘルパーが応対に現われた。堀江は平凡な偽名を使って、市村の母親に会わせてもらった。和枝は居間の安楽椅子に坐っていた。目が虚《うつ》ろだった。

「こちらはね、息子さんのお知り合いなんだって。昔、一輝さんに世話になったからと、わざわざ挨拶《あいさつ》に来てくださったのよ」

ヘルパーの女性が和枝に説明した。だが、なんの反応も示さない。

堀江は手土産を安楽椅子のそばに置き、市村の母親に話しかけた。

「息子さんのことは憶《おぼ》えてるでしょ？　一輝さんは、まだタイにいるんですかね？」

「一輝？　誰かのう？」

「あなたの息子さんですよ」

「知らん、わしゃ」

和枝はそう言うと、大口を開けて欠伸《あくび》をした。堀江は肩を竦《すく》めた。

「すぐ近くに本家があるんですよ」

ヘルパーが言った。

「本家？」

「ええ。亡くなられた一輝さんのお父さんの実兄の市村千代吉《ちよきち》さんが、本家の跡取りなんですよ。一輝さんの伯父《おじ》さんにお会いになってみたら？」

「そのお宅までの道順を教えてください」

堀江は頼んだ。介護ヘルパーは快《こころよ》く道順を教えてくれた。

すぐに堀江は市村の実家を辞去し、次の目的地に急いだ。市村千代吉宅は、本家の名に恥じない邸宅だった。

武家門を潜《くぐ》ると、七十七、八歳の老人が庭先で剪定《せんてい》に励んでいた。市村とは似ていない。

「失礼ですが、市村千代吉さんでしょうか？」

「そうだが、あんたは？」

「甥《おい》の一輝さんに以前、大変お世話になった者です」

堀江は、さきほどと同じ偽名を口にした。

「ああ、そう。で、わしに何かね？」

「一輝さんの居所を教えてもらいたくて、和枝さんに会ってきたんですが……」

「義妹《いもうと》は、もうまともな会話はできんよ。弟の惣二郎《そうじろう》によく尽くしてくれた嫁じゃったんだが、あんなふうになってしまってな」

「あなたの甥は、まだタイのどこかにいるんですか？　連絡先をご存じでしたら、教えていただきたいんです。実はぼく、末期癌で人生の残り時間があまりないんですよ」

「まだ若いのに、お気の毒に」

「そんなことで、まだ体が動くうちに一輝さんに会って、直《じか》にお礼を申し上げたいんです」

「一輝がタイに渡ったという噂《うわさ》は耳に入っとったが、もう三年も音信がないんだ。しかし、もしかすると、甥はこっそり日本に戻ってるんじゃないのかな」

「何か根拠でもあるんでしょうか？」

「うん、まあ」

「差し支えなければ、お話しいただけないでしょうか？」

「甥と別れた元妻の芦沢志津江《あしざわしづえ》の名で、毎月八十万円ずつ、わしの銀行口座に振り込まれてるんだよ。おそらく一輝がその金を母親の生活費と介護費用に充《あ》ててくれということで、元妻の名で振り込んでるんじゃろ。元妻が甥の母親の面倒を見なければならない義務はないわけだからね」

「ええ。なぜ市村一輝さんは、そんな手の込んだことをしてるんだろうか。自分自身が振込人になると、何かまずいことがあるんでしょうか？」

「きっとそうにちがいない。一輝は少年のころから少し悪かったんだ。家屋解体業がうまくいかなくなったんで、おそらく自棄《やけ》になったんじゃろう。そして……」

市村の伯父が口ごもった。

「そして、何か不正な手段で荒稼ぎしてるんですかね？」

「ああ、多分な。一輝の父親は堅物だったが、息子はやんちゃだからな」

「市村さんの元奥さんは、どこに住んでるんです？」

堀江は訊いた。

「栃木県の宇都宮《うつのみや》だよ。娘の花梨《かりん》ちゃんと一緒に暮らしてるはずだ。一輝はひとり娘をかわいがってたから、別れた妻とは時々、連絡を取り合ってるのかもしれない。志津江さんに当たれば、甥の居所はわかるんじゃないだろうか」

「芦沢志津江さんの住所、おわかりになります？」

「数年前まで、志津江さんから年賀状がきてたんだ。ちょっと調べて上げよう」

市村千代吉はそう言い、家の中に駆け込んだ。

仙台まで来た甲斐《かい》があった。堀江はほくそ笑《え》んだ。

3

護送車が停まった。

千葉地検の裏口だった。神崎毅は看守に促《うなが》され、座席から立ち上がった。前手錠を掛けられたまま、護送車を降りる。腰縄も回されていた。

看守に導《みちび》かれ、検事調べ室に入る。神崎は佐川刑務官を殺した翌日、身柄を拘置所に移された。刑務所内での殺人事件の判決が下《くだ》されるまで服役は中断される。むろん、その間の服役期間が短縮されるわけではない。

すでに担当検事と検察事務官が待っていた。

神崎は、検事席の真ん前に据《す》えられたパイプ椅子に腰かけさせられた。同行した看守は、斜め後ろの椅子に坐った。

検事の宍戸義海《ししどよしみ》は、三十七、八歳だった。検察事務官の鳥羽卓《とばすぐる》は二十八、九歳だろう。

「佐川刑務官を殺した動機は？」

宍戸検事が問いかけてきた。

「成り行きだよ。あの野郎がでかい面《つら》してたんで、前々から気に喰《く》わなかったんだ。けどさ、初めっから殺《や》るつもりはなかったんだよ」

「おい、その言葉遣《づか》いは何なんだっ。宍戸検事にきちんとした受け答えをしろ」

左横の席に控えた鳥羽事務官が咎《とが》めた。

「敬語を使えってか？」

「そうだ」

「いやだね。おれは三年前の事件で、高速バスの乗客を二人殺しちまったんだ。その上、刑務官の佐川も殺《や》っちまった。だから、どうせ死刑になるんだろ？」

「それは、まだわからない」

「横から偉そうにごちゃごちゃ言うんじゃねえ。てめえも殺《や》っちまうぞ」

神崎は鳥羽を睨《ね》めつけ、宍戸検事に向き直った。すると、検事が口を開いた。

「別に敬語なんか使わなくてもいいさ。佐川刑務官に殺意を懐《いだ》いたのはいつなんだ？」

「よく憶《おぼ》えてねえけど、あいつの首に裁《た》ち鋏《ばさみ》を突きつけたときかな。あのとき、佐川の奴は余裕のある顔つきだったんだ。それが気に喰わなかったんだよ。なめられてるって感じたんだ」

「だから、犯行に及《およ》んだんだね？」

「ああ。それに、千葉刑務所はおれの要求をまともに聞き入れようとしなかった。そのことにも、おれは腹を立ててたんだ」

「きみは三年前の事件は、市村一輝という元雇い主に唆《そそのか》されたと主張してたそうだね？」

「実際、そうだったんだ。おれと共犯の堀江恒生は高速バスを乗っ取れば、それぞれ七千万の成功報酬を貰《もら》えることになってたんだよ。おれたち二人が人質の乗客を押さえてる間に、市村はバス会社から身代金をせしめる段取りになってたんだ」

「三年前の事件の公判記録に目を通してみたが、バス会社は身代金は一円も払ってないと言ってる」

「そいつは嘘《うそ》だ。バス会社は犯人側に身代金を払ったことを公《おおやけ》にしたら、ビジネス面でマイナスになると思ったから、事実を伏せたんだろうよ」

「バス会社は、身代金を犯人側に渡したことをなぜ隠さなければならなかったんだね？マイナスイメージどころか、逆に世間の人たちはバス会社が乗客の命を大事にしたと感じじるだろう」

「検事のくせに、頭《ペテン》よくねえな。バス会社が巨額の身代金を払ったことが表沙汰《おもてざた》になったら、真似する奴が次々に出現するかもしれねえだろうがよ。それを恐れて、バス会社は身代金なんて一円も払ってねえと空とぼけたのさ」

「なるほど、そういう可能性もあるね」

「とにかくさ、主犯の市村が協力者に身代金を受け取らせたことは間違いねえって」

「その協力者に心当たりは？」

「ねえよ、そんなもん。けど、おれの勘は絶対に正しいね。それからさ、千葉刑務所は市村がタイに高飛びしたまま消息がわからねえと言ってたが、奴は日本のどこかにいるよ」

「それも勘なのか？」

「ま、そうだね。だいたい市村は汗っかきでさ、暑さに弱い。おれが奴の会社で働いてるとき、夏は外に出たがらなかったんだ。そんな男が暑い国に何年も潜伏できるわけねえよ」

「一年中、空調を効かせておけば、暑さはそれほど気にならないんじゃないのか？」

「頭悪いな。人間なら、たまには外に出たくなるだろうが。四六時中、部屋の中にいたら、気が変になっちゃうよ」

「そうかもしれないな」

宍戸が低い声で呟いた。

「おれの要求に従って、ちゃんと市村一輝を真剣に捜してくれてたら、佐川は殺さなかったかもしれねえな。おれは要求を無視《シカト》された気がして、頭に血が昇《のぼ》っちまったんだ」

「きみの生《お》い立ちも調べさせてもらった。畳屋をやってた親父《おやじ》さんは、だいぶ酒癖が悪かったようだね？」

「悪いなんてもんじゃなかったよ。親父は酒が入ると、仕事の注文が減る一方だとぼやいて、おふくろに八つ当たりするんだ。おふくろは一年中、生傷が絶えなかったよ」

「きみとお姉さんも、父親によく殴られたようだな」

「ああ、しょっちゅうだったよ。返事の仕方が遅いとか、食事中にお喋りをしたとか言って、二つ違いの姉貴とおれはガキのころから折檻《せっかん》され通しだった。おれが隣の家の柿をかっぱらったときは、竹刀《しない》でめった打ちにされたな。気が遠くなると、バケツの水をぶっかけられた」

「親父さんは仕事がうまくいかないんで、なんか苛《いら》ついてたんだろうな」

「商売がうまくいかないんだったら、さっさと店を畳んじまえばよかったんだよ。それなのに祖父の代からの畳屋だからって、老舗《しにせ》の旦那気取りだったんだ。江戸時代に創業された呉服屋とか料亭じゃねえんだから、早く商売に見切りをつけりゃよかったんだよ」

「自分の代で店を閉めるのは、先々代や先代に申し訳がないと思ってたんだろうね」

「だとしたら、考え方が古すぎるよ。時代は流れてるんだ。畳の需要が大幅に少なくなったら、さっさと転業すべきだったんだよ。姉貴が中一のときだったかな、親父に弁当屋に転業したらって言ったんだ」

「親父さんは怒ったんだね？」

「狂ったように怒ったよ。姉貴は顔面に十発以上パンチを浴びせられてさ、さんざん足蹴《あしげ》にもされたんだ。仲裁《ちゅうさい》に入ったおふくろとおれもぶっ飛ばされた」

「そのときも、親父さんは飲んでたのか？」

「起きてるときは、たいがいアルコールを体に入れてたよ。ほとんどアル中みたいだったんだ。姉貴は素っ裸にされて、庭の木に縛《しば》りつけられた。まだ寒いころにさ」

「それはひどい話だな」

「てめえの子供にそこまでやるなんて、人間じゃねえよ。姉貴は中学を卒業した日に家をおん出ちまったんだが、当然さ。親父にとやかく言える資格なんかねえよ」

「そうだね。それから半年後に、母親も蒸発してしまったんだな？」

「うん、そう。おふくろが逃げ出したくなる気持ちはわかるけどさ、中二のおれを置いていくなんて薄情すぎるよ。結局、親父もおふくろも子供たちには愛情なんか持ってなかったんだよな。おれは、いまでも母親を恨《うら》んでるよ」

「そうだろうな。親父さんが女性と同居するようになったのは、そのころだったんだね？」

「ああ。親父がよく行ってたパチンコ屋で働いてたバツイチの女だよ。二人はおれのことなんか眼中にないって感じで、いつもいちゃついてた。おれは居場所がなかったんで、暴走族やってた先輩たちのアパートを泊まり歩くようになったんだ」

「で、非行を重ねるようになったんだね？」

「そう」

「暴走族の仲間を引き連れて、実家に殴り込みをかけたのは十八のときだったかな？」

「ああ、そうだよ」

神崎は両脚《りようあし》を投げ出した。検察事務官は眉根《まゆね》を寄せたが、何も言わなかった。

「そのとき、きみは実の父親を半殺しにしたんだね？」

「ああ。威張《いば》り腐ってた親父は、涙声で詫《わ》びを入れたよ。おれはそんな父親の顎《あご》を蹴り上げて、三人の仲間に親父の同棲相手を輪姦《マワ》させたんだ」

「父親の目の前で？」

「そう。親父はてめえの女が代わる代わる姦《や》られてるのに、まったく制止しようとしなかった。女は懸命に救いを求めてたんだけどな。親父は、そういう冷たい人間なんだよ」

「レイプされた女性が警察に駆け込んだんで、きみらは少年鑑別所から初等少年院に送られたんだね？」

「そうだよ。親父は、おれが少年院《ネンショウ》に入ってる間に肝硬変で死んじまった。いま実家には、親父の姉夫婦が住んでるはずだよ。親父の内妻だった女は、事件後に姿をくらましたらしい」

「お母さんやお姉さんの居所は？」

「わからねえ。もうおれの家族はバラバラになっちまったんだよ。姉貴の安否《あんぴ》はちょっと気になるけど、どこかで生きてると思う。女は逞《たくま》しいからさ」

「三年前のバスジャック事件を起こす前まで同棲してたＣＤショップの女店員さんは、どうしてるんだね？」

宍戸検事が訊いた。

「わからねえな。おれが逮捕《パク》られた後《あと》、アパートから消えたって話を国選弁護士に聞かされたけど、彼女を恨む気はないよ。短い間だったけどさ、いい思い出を与えてくれたからね」

「その娘《こ》と一緒にいるときは、幸せだったんだな？」

「まあね。刑務所《ムショ》で長生きしても意味ねえからさ、早くおれを死刑にしてよ」

神崎は口を噤《つぐ》んだ。検事、事務官、看守の三人が相前後して溜息《ためいき》をついた。


タクシーが交差点を左折した。

堀江恒生は上体を丸め、窓の外に目を放った。少し先の電信柱に住所表示盤が巻きついている。宇都宮市滝谷町《たきやちょう》五丁目二十×番地と表示されていた。

「ここで降ります」

「三十×番地はもう少し先ですよ」

五十年配のタクシー運転手が言いながら、車を路肩《ろかた》に寄せた。

「ここから歩いていきます」

「お客さん、乗車されたときから、なんかそわそわしてますね。初恋の女性の家でも訪ねるんですか？」

「そういうことなら、いいんだけどね。ただの野暮用なんだ」

堀江は料金を払い、そそくさとタクシーを降りた。近くに市村の元妻の芦沢志津江の家があるはずだ。

タクシーが走り去った。夕闇《ゆうやみ》が漂いはじめていた。堀江は市村千代吉宅を出ると、すぐに志津江の自宅に電話をかけた。だが、先方の受話器は外れなかった。

堀江は十回ほど電話をかけてみた。しかし、やはり徒労だった。どうやら志津江は昼間、働いているらしい。

堀江はそう思い、直《じか》に芦沢宅を訪ねてみる気になった。急いで仙台駅に戻り、上《のぼ》りの東北新幹線に飛び乗り、宇都宮駅で下車したのである。

数百メートル先に、芦沢宅はあった。

小さな平屋だった。間取りは3DKぐらいか。電灯が点《つ》いていた。

堀江は低い門扉《もんぴ》を押し開け、玄関先のインターフォンを鳴らした。待つほどもなく玄関のガラス戸が横に払われ、十五、六歳の娘が姿を見せた。白のプリントTシャツに、下は黒のショートパンツだった。

「こちらは芦沢志津江さんのお宅ですね？」

「ええ、そうです」

「失礼だけど、市村一輝氏のお嬢さん？」

「はい。両親が離婚したんで、いまは母の旧姓を名乗ってますけど。そちらは？」

「昔、きみのお父さんに世話になった者なんだ。お母さんは？」

「台所で夕飯の仕度をしてます。母を呼んできますね」

「お願いします」

堀江は軽く頭を下げた。

市村の娘が引っ込んだ。父親とは、あまり似ていない。母親似なのだろう。少し待つと、エプロン姿の四十年配の女が現われた。

堀江は平凡な偽名を名乗って、相手に確かめた。

「市村さんと離婚された芦沢志津江さんですね？」

「はい、そうです。わたしのことはどなたから……」

「仙台の市村千代吉さんから、うかがったんですよ。市村一輝さんの伯父さんのことは、ご存じですよね？」

「ええ。それで、ご用件は？」

志津江が促《うなが》した。

「あなた名義で毎月八十万円ずつ千代吉さんの銀行口座に振り込まれてるという話を聞いたんですが、それは事実なんでしょうか？」

「わたし、そんなことしてませんよ」

「やっぱり、そうでしたか。千代吉さんは甥が元妻の名を使って、実母の和枝さんの生活費と介護費用を振り込んでるのではないかと推測してました」

「市村は、別れた夫はなんで自分の名で振り込まないんでしょう？」

「何か事情があって、自分の名前と住所を伏せたかったんでしょうね」

「市村は何か後ろ暗いことをやってるのね。きっとそうよ」

「離婚されてから、市村さんとは没交渉《ぼっこうしょう》だったんですか？」

「ええ、ずっとね。四年前までは娘に誕生プレゼントをデパートから届けてくれてたんだけど、わたしは市村にお礼の電話もしなかったの。あの男の女性関係では、さんざん悩まされつづけてきたんで、話もしたくなかったんですよ」

「市村興業が倒産してからは、娘さんの誕生プレゼントも……」

「ええ、プレゼントは三年前に途絶《とだ》えちゃったわね。市村は何か警察に追われるようなことをやって、どこかに隠れてるのかしら？」

「市村さんがタイに渡ったという噂を聞いたことがあるんですがね」

「タイですか？」

「ええ」

「それは意外だわ。市村はとても暑さに弱いんですよ。真夏に外出したときなんか、犬みたいに喘《あえ》いでました。仮に日本にいられなくなっても、寒い場所に潜伏しそうですけどね」

「そうかもしれませんね。昔、市村さんにとても世話になったんですよ。生きてるうちにお礼を言いたくて、市村さんの居所を調べてるわけです。あなたに会えば、市村さんの連絡先はわかるだろうと思ってたんだがな」

「お役に立てなくて、ごめんなさい。それはそうと、さっき生きてるうちに市村に礼を言いたいとおっしゃったわよね？」

「ええ。実は末期癌で、余命いくばくもないんですよ」

堀江は言い繕《つくろ》って、空咳《からぜき》をした。

「肺癌なんですか？」

「肝臓や大腸にも転移してるから、あと半年も保《も》たないと思います。死ぬ前に恩人にお礼と別れの挨拶をしたかったんだが……」

「市村は、どうしようもないろくでなしと思ってたけど、他人《ひと》に感謝されるような善行もしてたのね。なんだか嘘みたいだわ」

「市村さんは見てくれが厳《いか》ついし、言葉遣いも荒いから、周囲の人たちに誤解されるんでしょうね。しかし、根は温かい人間だと思いますよ」

「娘に聞こえるとまずいんだけど、わたしは市村と結婚したことが人生最大の失敗だと思ってるの。おかげで朝の四時から新聞配達をして、そのあと家電部品工場で夕方まで働かなければならなくなっちゃった。女手だけで子供を育てるのは、本当に大変だったわ。でも、娘の花梨はまっすぐに育ってくれたんで、もう少し頑張らないとね」

「生きるのは大変ですよね」

「さっきから感じてたんだけど、わたし、あなたとどこかで会ってるような気がするのよね」

志津江がそう言い、堀江の顔を覗き込んだ。

堀江は平然としていたが、内心は穏《おだ》やかではなかった。三年前の事件で逮捕されたとき、カメラの放列が待ち構えていた。あちこちでストロボが焚《た》かれ、テレビ局のハンディカメラが何台も迫ってきた。

「もしかしたら、あなたの顔をテレビで観《み》たのかもしれない。うん、そうだわ。ね、テレビに出たことがあるんじゃない？」

「一度もありませんよ。ぼくに似た奴がテレビに出てたんでしょう」

「いや、そうじゃないわ。あなたの顔には、間違いなく見覚えがある。後で、思い出すかもしれないわね」

「…………」

「ね、名刺をちょうだいよ」

「あいにく名刺を切らしちゃってるんです。お忙しい時間に急に訪ねたりして、ご迷惑だったと思います。どうもありがとうございました。失礼します」

「なんだか焦《あせ》ってる感じね」

「そんなことありませんよ。ぼくは、ふだん通りです」

「ううん、様子がおかしいわ。そうか、思い出したわよ。あなた、三年前のバスジャック犯でしょ。市村がバスジャック事件の主犯で、あいつが身代金を独り占めしたんじゃない？　それで、あなたは服役後に市村の行方を追ってるんでしょ？」

「臆測《おくそく》で物を言わないでほしいな」

堀江は後ずさりし、そのまま志津江の家から離れた。

自分の分け前を手にしないうちに警察に通報されたら、すべて水の泡《あわ》だ。堀江は全速力で駆けはじめた。

4

来訪者は耳が片方しかなかった。

正確に言えば、外耳がほんの少しだけ残っている。左目は、明らかに義眼だった。

荻原善仁は、神戸《こうべ》から訪れた五十二、三歳の債権回収屋と向かい合っていた。自分の会社の社長室だ。

「わし、荒っぽい取り立《キリトリ》ては好きやないんですわ」

土岐康紀《ときやすのり》が言った。あくまでも物腰は柔《やわ》らかい。しかし、静かな凄《すご》みが伝わってきた。

「『平成《へいせい》ファイナンス』さんには、ご迷惑をかけてると思ってます。借りた三億円のうち元本は四千万弱しか返済してないわけですからね」

「それに今年に入ってからは、利払いも滞《とどこお》ってるんやなかったかな」

「は、はい。うちは弱小の芸能プロですから、いわゆるドル箱タレントがひとりもいないんですよ」

「借り手の方たちにそれぞれ事情があるのは、ようわかりますわ。ファンドマネー動かして、年収百億円も稼ぐ外資系企業のサラリーマンもおるようやけど、多くの中小企業主は資金繰《ぐ》りが大変や。わしも『平成ファイナンス』の社員やのうて請《う》け負《お》い仕事をしてる身やから、おたくの苦労はようわかります。ほんま、お互い切ないな」

「とりあえず、金利の一部として三十万だけ……」

荻原は小声で言った。すると、土岐が外耳のない右耳を手で囲った。

「すんまへん。よう聞こえんかったんや。もう一遍《いっぺん》言うてくれへんか」

「きょう、三十万円だけお支払いしますよ」

「冗談言わんといてください。わし、きのう、神戸から上京したんでっせ。あいにく社長はんと会えんかったから、昨夜《ゆうべ》は紀尾井町《きおいちょう》のホテルに泊まったんや。三十万ぽっちや、経費も出まへんがな」

「しかし、事務所にはそれぐらいの現金しかないんですよ」

「手形でもええんやで。ただし、額面が一億以下やったら、話になりまへんわな」

「一千万ぐらいだったら、預金小切手を切れます」

「社長はん、わしは駆け出しやないんやで。もう二十年も債権回収の仕事をやってるんや。そんなわしをたったの一千万で追い払う気かいな。ええ度胸してるで、ほんまに」

「もっと誠意を見せたいですよ。しかし、会社の運転資金をそっくり持ってかれたら、すぐに倒産してしまいますんでね」

　荻原は泣きを入れた。

「社長はん、借りたものはきちんと返す。それが人の道でっしゃろ？　裏金を出したら、ええやんか」

「裏金？」

「とぼけたら、あかん！　社長はんがリッチな親を持つ所属タレントを何人も美容整形受けさせてるって噂は関西まで聞こえてますで。つるんどるのは、六本木の高石美容クリニックやてな？」

「わたしは、そんなことしてませんよ」

「嘘《うそ》言いなや。美容整形外科医と組んで、若い女たちを喰《く》いもんにしとるんやろ？　整形費用の半分は、社長の懐に入ってるんとちゃうか。え？」

「うちのタレントに隆鼻術、豊胸術、脂肪吸引なんかを受けたほうがいいとアドバイスしたことはありますが、美容クリニックから紹介料みたいなものを貰ったことは一度もありませんよ」

「ほんまかいな」

「ええ、もちろんです」

「ま、ええわ。それはそうと、精巧な人工耳をくっつけてくれる腕のええドクターがおったら、わしに紹介してくれへんか」

「土岐さん、その耳はどうなさったんです？」

「若いころな、京都の極道に至近距離からコルト・ガバメントで撃たれよったたん。それで、右の外耳を捥《も》がれたん」

「左目は？」

「二発目の弾《たま》で、水晶体が潰《つぶ》れてしもうたんや。わし、何万人にひとりしかいない言われてる無痛症やから、斬《き》られても撃たれてもなんとも感じないねん。そりゃ、人並に血は出るで。けど、ちっとも痛《いと》うないから、相手に平気で立ち向かえるんや」

「相手はびっくりするでしょうね？」

「そうやろうな。なんや化《ば》けもんと出会ったみたいな顔して、たいがい相手は逃げよるわ。わしは不死身やないかと思うと、怕《こわ》いもんがのうなるねん。二十代のころは、段平《だんびら》持った極道五人と立ち回りになったこともあるねん。武闘派と呼ばれてる連中も焦《あせ》るわな、こっちは刺されても笑ってるんやから」

「土岐さんは凄《すご》い方なんですね」

「わしも、もう若《わこ》うない。いまは気弱なおっちゃんや。なんや話が脱線してしもうたな。社長はん、わしにいい医者を紹介してや」

「人工耳は形成外科医の領域なんじゃないのかな、美容整形外科医じゃなくて。美容整形の医者なら、知ってますがね」

「親しくしとる先生は高石だってことやな。やっぱり、噂はほんまやったんや」

　土岐が不気味に笑い、緑茶を啜《すす》った。

――一千万の預手《よて》じゃ、引き揚げそうもないな。

荻原は葉煙草《シガリロ》に火を点け、小切手に書き込む額面をいくらにするか考えはじめた。

これまでタレントの卵まで含めて約五十人の女を高石美容クリニックに送り込み、およそ五千万円のキックバックを貰った。その裏金は個人名義の銀行口座に入れたままだ。

「社長はん、きょうは二本で手を打ちましょ」

土岐が両手を打ち鳴らして、明るく言った。

「二千万の預金小切手を切れば、引き取っていただけるんですね？」

「そうや。もちろん、来月もここに来るで。取り立《キリトリ》てがわしの仕事やさかいな。こっちの取り分は回収分の半額やけど、経費込みの折半なんや。そやさかい、あんまり手間かけられへんねん」

「わかりました」

荻原は葉煙草《シガリロ》を指の間に挟んだまま応接ソファから立ち上がり、窓辺のマホガニーの両袖机に向かった。引き出しから小切手帳を摑み出して額面を書き込み、署名捺印《なついん》した。

すぐに応接ソファに戻り、二千万円の預金小切手を土岐に手渡す。土岐がそれを受け取り、『平成ファイナンス』の社印の入った領収証を切った。

「銀行や商工ローンの返済は後回しにして、『平成ファイナンス』さんの負債をせっせと減らすようにしますんで、どうかもう少し猶予《ゆうよ》をください」

「会社の代表取締役によう言っとくわ。あの社長は昔、わしの舎弟《しゃてい》やったんや」

「土岐さんは、いまも神戸連合会の理事か何かをやってらっしゃるんでしょ？」

「いや、もう会とは離れてるねん。というても、知り合いが大勢おるから、義理掛けはやっとるけどな」

「そうですか」

荻原は、くわえていたシガリロの火を大理石の灰皿の底で揉《も》み消した。

「事業がうまくいってないんやったら、所属してる女の子たちを高級セックス・コンパニオンにして、ピンを撥《は》ねたほうが儲かるんやないんか？」

「ええ、しかしね」

「冗談やて。社長はん、頑張りいや」

土岐がソファから立ち上がり、社長室から出ていった。

——神戸連合会の企業舎弟《フロント》とわかってたら、『平成ファイナンス』から映画の製作費なんか借りなかったのに。もう後の祭りだけどな。

荻原は自嘲して、コーヒーテーブルの上に両脚を載《の》せた。

どこで歯車が狂ってしまったのか。荻原は都内の私大を卒業すると、大手芸能プロダクションに就職した。与えられた仕事は、人気の衰えたテレビ女優のマネージャーだった。その女優は性格にむらがあった。自分の機嫌のいいときは終始、にこやかだった。だが、何かで気分が塞《ふさ》いだりすると、やたら叱言《こごと》が多くなった。

テレビ女優は無学で、満足に新聞も読めなかった。社会常識にも欠けていた。

荻原はプライドをかなぐり捨て、懸命に仕事に耐えながら人脈を作った。そして、四十歳のときに独立したのである。

とはいえ、大手芸能プロのような信用も実績もない。スターの引き抜きはできなかった。それでも業界の知り合いに支《ささ》えられ、そこそこ名の売れた芸能人を何人か事務所に迎え入れることができた。

しかし、それだけでは『荻原企画』は注目されない。荻原は勝負に出る気になった。十億円からの借金をして、劇場映画の製作に乗り出したのだ。所属タレント総出演の作品だった。

監督、脚本家、撮影スタッフはキャリアのあるメンバーで固めた。荻原は映画が大ヒットすると確信していた。だが、結果は無残だった。興行収入は三億数千万円で、大きな赤字が出た。弱小プロが簡単に埋められる借金ではない。

荻原は苦し紛《まぎ》れに、ゴルフ仲間の高石美容クリニックの院長に儲け話を持ちかけた。

高石は高額所得者ながら、もっと荒稼ぎしたかったらしい。美しくなりたいと願う女たちをカモにすることに同意した。

高石は、荻原が紹介した売れない女性タレントたちにさまざまな美容整形を施《ほどこ》し、高額な手術費を請求した。

一般の美容整形外科医院なら目、鼻、顎《あご》の手術費は十数万円から五十万円止まりだ。だが、有名整形外科医の高石は三、四倍の金を取った。豊胸術、フェザーリフト、脂肪吸引ともなると、百万円から三百万円の料金を設定している。ヒアルロン酸注射による皺《しわ》取りでさえ、一カ所十万円以上だった。

それだけではない。高石は自分のクリニックで顔面・全身美容整形を受けた患者を実妹の瑞穂《みずほ》が経営している審美《しんび》歯科クリニックに送り込んでいる気配がうかがえる。

人気アイドルの多くは、審美歯科で治療を受けている。真っ白なセラミック義歯は最低でも、一本十万円は取られる。二十数本の歯をそっくりいじったら、それだけで治療総額は二百数十万円になるはずだ。

——高石兄妹《きょうだい》が金の亡者《もうじゃ》になったのは、何か理由があるからなんだろうな。

荻原は脚《あし》を片方ずつ床に下《お》ろした。

そのとき、先日、自殺に見せかけて殺害されたフリージャーナリストの九鬼譲司のことを思い出した。荻原は半月あまり前に六本木の高石美容クリニックの近くで、九鬼の姿を見かけたことがあった。九鬼の顔は著者写真を見て知っていた。

犯罪ノンフィクションライターが高石の身辺を探《さぐ》っていたとは考えられないだろうか。マスコミ報道によると、九鬼は加害者に全身麻酔注射をうたれてから、一酸化炭素の充満するレンタカーの中に入れられたらしい。

ドクターなら、たやすく全身麻酔薬は手に入る。高石は、売れないタレントを美容整形手術で喰いものにしていることを九鬼に知られてしまったのではないか。

そうなら、自分の身辺にも九鬼が迫っても不思議ではない。しかし、そうした気配は感じ取れなかった。刈谷ルイに偽の取材をした例の女性編集者の動きが気になるが、彼女と九鬼は結びつかない。

となると、九鬼は別のことで高石をマークしていたのかもしれない。高石は三つ違いの妹とつるんで、何かほかの裏ビジネスに励んでいるのだろうか。

高石美容クリニックで何度か見かけたことがある鮫島孝行という男の存在も気になる。高石は鮫島のことを旧知のファイナンシャル・プランナーだと言っていたが、色黒のあの男が金融関係の専門家とは思えない。

がっしりとした体格から察して、長いこと筋肉労働に携《たずさ》わってきたのではないか。それから、鮫島はどこか崩れた印象を与える。紳士然と振る舞っているが、何かの拍子にふてぶてしさを覗かせる。素《す》っ堅気《かたぎ》ではないのかもしれない。

ひょっとしたら、高石は鮫島に何か危いことをさせているのかもしれない。それなら、その弱みを押さえて、高石から裏金を吐き出させるか。『平成ファイナンス』の借金を早くきれいにしたい。

荻原は総革張りのソファから立ち上がって、自分の机に向かった。所属タレントの予定表を眺めていると、机上の固定電話が鳴った。

電話をかけてきたのは、高石美容クリニックの院長だった。

「荻原さん、例の女編集者に脅迫電話をかけてもらえました？」

「ああ、電話したよ。虚勢を張ってたけど、内心びくついてたと思うね」

「そう。その彼女の妹がうちのクリニックで頰の傷痕を目立たなくする手術を受けてることがわかったんですよ、カルテを確認してね。妹の名は麻里だったかな。たくさんの手術をやってるから、偽女性編集者の本名が伊吹亜矢と聞いても、すぐに麻里の姉さんとは思わなかったんだ」

「先生、伊吹亜矢はわれわれが売れないタレントをカモにしてることをペンで告発する気なんじゃないかな」

「まだなんとも言えませんね。妹の頬の手術の結果に不満を持ってるだけなのか。あるいは、われわれの荒稼ぎを糾弾《きゅうだん》したいのか。どちらとも受け取れますからね」

「呑気《のんき》だね、先生は。わたしは後者だと思うな」

「そうなら、ちょっと面倒なことになりそうですね」

「最悪の場合、女編集者に若死にしてもらわないとな。そのときは、先生に始末してもらいたいね。全身麻酔注射で相手を眠らせてしまえば、自殺に見せかけて殺すことも可能なんじゃないの？」

「荻原さん、急におかしなことを言いだしたりして、いったいどうしたんです？　まさか何か含むものがあるんじゃないでしょうね」

「別段、含むものなんかないよ。ほら、こないだ、ノンフィクションライターの九鬼譲司が練炭自殺に見せかけて殺害された事件があったでしょ？」

荻原は何気ない口調で言って、相手の反応をうかがった。

「そう言えば、町田かどこかでそんな事件がありましたね」

「ニュースによると、殺された九鬼は足の指の股《また》に短時間で作用する全身麻酔薬を注射されたらしいんだよね。えーと、なんて薬品名だったかな？」

「全身麻酔薬だったら、チオペンタール・ナトリウムかペントバルビタール・ナトリウムが一般に多く使われてますね」

「そう。さて、どっちだったかな。ま、いいか。どっちも、先生のとこのクリニックでも使用してるんでしょ？」

「ええ、使ってますよ。それがどうかしました？」

「先生は、九鬼譲司に会ったことがあるんじゃないの？　なんとなくそんな気がしたんだよな」

「荻原さんは、わたしが九鬼とかいうノンフィクションライターを自殺に見せかけて殺害したとでも疑ってるんですか⁉」

高石が声を裏返らせた。

「九鬼に何か弱みを握られたなんてことは？」

「そんなこと、あるわけないでしょ。だいたい九鬼とは一面識もないんです」

「会ったことはないのかもしれないね。しかし、先方は先生に関心があったようなんだよな」

「どういうことなんです？」

「わたしね、九鬼譲司を高石美容クリニックの近くで見かけたことがあるんですよ。半月ほど前だったかな」

「何が言いたいんです？」

「そんなにむきになると、かえって怪しいな」

「荻原さんは、わたしが九鬼に何か不都合なことを知られたんで、殺害する気になったとでも……」

「そこまでは言ってないよ。ただ、先生は秘密を多く持ってるみたいだからさ」

「それ、どういう意味なんです？」

「先生は、いろいろ謎が多いよね。真面目に働いてても、楽に数億円の年収は稼げるはずなのに、わたしと組んで再手術や再々手術で暴利を貪《むさぼ》ってる」

「一億以上もするアメリカ製の医療機器を何台も購入したんで、ローンが重いんですよ。早く月々の返済額を少なくしたいと思ってるから、危ない橋を渡る気になっただけですよ」

「それだけじゃないんでしょ？　先生はわたしが送り込んだ資産家たちの子女を妹さんの審美歯科クリニックに回して、瑞穂さんにも荒稼ぎさせてるんだよね？」

「えっ⁉」

「芸能人たちの情報は、たいてい耳に入ってくるんだ。瑞穂さんは売れないタレントたちに高級セラミック義歯を被《かぶ》せて、二百万も三百万もぶったくってんでしょ？　わたしを抜きにして、そういうことをやってもいいのかなあ」

「わたしは、荻原さんが紹介してくれた患者を強引に妹の審美歯科クリニックに行かせたことはありませんよ。ただ、歯をきれいにしたいんだったら、質のいいセラミックを被せてもらうのがベストだと言っただけです」

「それで、どこかいいクリニックは知らないかと訊かれたんで、参考までに妹さんのとこを教えたってわけか」

「ええ、その通りです」

「これまでのことには目をつぶりましょう。その代わり、わたしの親しい男が経営してるタレント養成所の生徒たちを瑞穂さんの審美歯科クリニックにどんどん紹介するから、わたしにも少しいい思いをさせてほしいんだ」

「妹に話してみましょう」

「いや、わたしが直《じか》に瑞穂さんに相談しよう。先生、今夜どこかで三人で飯を喰わない？時間は、ご兄妹の都合に合わせますよ」

「妹に連絡をしてみます」

「ひとつよろしく！」

荻原は電話を切って、口笛を吹いた。

高石は努《つと》めて平静さを装っていたが、動揺は隠し切れなかった。何か目的があって、あらゆる手段で金を掻《か》き集めたいと考えているのだろう。

高石の悪事の証拠を摑めば、大金を脅し取れる可能性もある。それだけではなく、美しい歯科医の瑞穂の熟《う》れた肉体も弄《もてあそ》ぶことができそうだ。

荻原は、にやりとした。

思わず鏡の中の自分に会釈《えしやく》しそうになった。

市村一輝は苦笑し、シェーバーのスイッチを入れた。自宅マンションの洗面所である。

顔の造作《ぞうさく》がすっかり変わり、三年前の自分とはまるで別人だ。元妻や娘と街で擦《す》れ違っても、まず気づかれる心配はないだろう。

目鼻立ちだけではなく、輪郭《りんかく》そのものが以前とは異《こと》なる。頬骨と鰓《えら》を削《けず》り、顎の形成もしてもらった。ついでに目の周《まわ》りの垂《たる》みを取り除いてもらい、額や眉間《みけん》の皺《しわ》にはボトックスとヒアルロン酸をたっぷり注入してある。おかげで、五歳は若返って見える。

市村は協力者が『新みちのく交通』から身代金五億円を奪取《だつしゆ》したことを確認すると、ただちに山谷《さんや》のドヤ街に潜伏した。身寄りのいない同世代の男を探し出し、その人物の戸籍謄本《とうほん》や運転免許証を買い取り、市村名義のパスポートを持たせてタイに渡らせた。むろん、現地での当座の生活費も手渡した。

自分は相手になりすますため、顔の造作を変えた。最初の一年間はホテルやリースマンションを転々とし、二年前から協力者が用意してくれた五反田《ごたんだ》のマンションで独り暮らしをしている。

高速バスジャック事件の実行犯の二人のことは調査済みだ。無期懲役になった神崎は、まだ十年前後は仮出所できないだろう。しかし、もうひとりの堀江はすでに仮出所している。報復される恐れは皆無ではない。

——けど、別人になってるおれを奴が捜し出せるわけない。何もびくつくことはないさ。

市村は二年数カ月前に盗撮マニアの教育者の弱みを押さえ、二つの非合法ビジネスの親玉を演じさせてきた。ある目的のため、どうしても二百六十億円を工面しなければならない。それまでは鬼にも、蛇にもなる気でいる。

今夜は、息抜きに銀座《ぎんざ》に繰《く》り出すつもりだ。ホステスを口説けなかったら、高級娼婦と遊ぶ予定だ。

市村は髭《ひげ》を剃《そ》り終えると、顔面にローションをはたき込んだ。

第五章　報復の誤算

1

七人目の男が安土邸の中に入っていった。

八雲健人はサーブのフロントガラス越しに、元大学教授の自宅の客をチェックしていた。九鬼が荼毘《だび》に付された夜だ。午後八時数分前だった。

七人の訪問者は三、四十代の男ばかりで、いずれも知的な風貌《ふうぼう》をしていた。

安土は女子大の教授だったから、七人の客が教え子とは考えられない。何か同好会の仲間たちなのだろう。

八雲はゆったりと煙草を喫《す》った。その間、来訪者はいなかった。さらに十分ほど時間を遣《や》り過ごしてから、ごく自然に車を降りる。

柿の木坂の邸宅街は、ひっそりと静まり返っていた。人っ子ひとりいない。

八雲は安土邸の門に歩み寄った。門扉《もんぴ》はロックされていない。左右を見回してから、そっと扉を押し開ける。

八雲は内庭に忍び込み、奥まった場所に建っている洋館に近づいた。

広いテラスに面した居間から、男たちの感嘆の声が洩《も》れてくる。笑い声も聞こえた。

カーテンの隙間《すきま》から電灯の光が零《こぼ》れている。

八雲は中腰で、テラスに接近した。低い庭木の陰にうずくまり、様子をうかがう。居間から誰かが飛び出してくる気配はなかった。

八雲は姿勢を低くして、テラスの上を進んだ。

カーテンの隙間から室内を覗《のぞ》く。主《あるじ》の安土は七人の男たちに挟まれる形で、ソファに腰かけていた。

安土たち八人は、大型テレビに目を注《そそ》いでいる。画面には、水着に着替え中の若い女の半裸姿が映っている。

盗撮映像だろう。八雲は、そう直感した。

ほどなく画像が変わった。駅構内のエスカレーターに乗った女子高生のスカートの中が映し出された。パンティーまで盗み撮りされている。

「こういう映像を観《み》ると、気分が若返るね」

安土が客たちに大声で言い、缶ビールを傾けた。七人の男たちが、どっと笑った。彼らも缶ビールを手にしていた。

「室井《むろい》君、その映像をコピーしてくれないか」

安土が撮影者に言った。

「いいですよ。次の鑑賞会のときに、複製をお持ちします。安土先生がネットで同好の士に呼びかけてくれたんで、ぼくはここにいる仲間と知り合えたわけですから、先生には感謝してるんです」

「そうかね。わたしも同じ趣味を持つ仲間と盗撮映像の鑑賞会をやれるようになったんで、とても愉《たの》しいよ。しかし、払った代償《だいしょう》は大きかったね」

「ええ。まさか例の男の脅しにプロバイダーが屈《くっ》して、先生やわれわれユーザーの氏名や連絡先を簡単に教えるなんて思いませんもんね」

「ああ。それだけ、あいつは凄《すご》みがあるってことなんだろう。それに、あの男は悪知恵が発達してる。教員や公務員は人一倍、世間体《せけんてい》を気にするからね。夫や父親が盗撮マニアだと家族に知られたら、自殺したくなるだろうからな」

「ええ、そうですね。だから、われわれは仕方なく悪事の片棒を……」

「脅しに屈《くっ》して、われわれは実行犯にされてしまった」

「そうですね。スキミングされたカードの偽造も後ろめたいですけど、高齢者たちを騙《だま》す振り込め詐欺は気が滅入ります」

「そうだね。しかし、われわれは例の男に謝礼を強引に受け取らされてるから、警察には泣きつけない」

「ええ、そうですね。警察に駆け込んだら、わたしたちは誰も破滅ですよ。盗撮そのものは罰金刑で済むでしょうけど、カード偽造や振り込め詐欺となったら……」

「刑務所送りになるだろう」

「先生、例の奴を事故に見せかけて殺すことはできませんかね？」

「室井君、そのことはわたしも考えたさ。しかし、あいつには共犯者がいるようなんだ。共犯者というよりも、黒幕なのかもしれないな」

「何者なんだろうか。先生、首謀者の見当は？」

「例の男を何度も尾《つ》けたんだが、いつも撒《ま》かれてしまってね」

「そうなんですか。われわれに悪事を強要した男は、バックにいる人物と何かをする目的でせっせと裏金作りに励んでるんじゃないのかな。二つの犯罪で、もう総額百億円は稼いでるでしょ？」

「そうだろうね」

「それだけの泡銭《あぶくぜに》を摑《つか》んだら、捜査の手が伸びてくる前に闇仕事はやめそうですけどね」

「何か大きなことを企《たくら》んでるんだろうな。それを達成させるには、何百億円という大金が必要なんだろう」

「その野望は何なんでしょうか？」

「残念ながら、わたしにはわからない」

「わたしたちは、このまま例の男の言いなりになるほかないいんでしょうか？」

「身の破滅を招きたくなかったら、あいつに協力せざるを得ないだろうね」

「人生って、落とし穴だらけなんだな」

「室井君、運が悪かったと諦《あきら》めることだよ。それに、物は考えようさ。われわれは犯罪の片棒を担がされてるが、何も人殺しを強《し》いられたわけじゃない。二つの悪事の被害者たちだって、警戒心がなさすぎるんだ」

「ま、そうなんでしょうが、やっぱり疚《やま》しさは消えませんよ。わたしは、公立高校で倫理社会を教えてる人間ですからね」

「聖職者ぶりたいんだろうが、きみは校内の女子更衣室に忍び込んで、ＣＣＤカメラを仕掛けた男でもあるわけだ」

「それを言われると、うなだれるほかありません」

「われわれは不本意なことを強要されてるが、こうして同じ性癖を持つ者同士が親睦《しんぼく》を深められたんだから、プラス面もあったわけだ」

「そう考えることにしましょう」

二人の会話が終わったとき、ほかの男たちが拍手した。

──居間にいる八人は、まともじゃない。歪《ゆが》んだ連中ばかりだ。

八雲は胸中《きょうちゅう》で呟《つぶや》いた。

安土たち盗撮マニアを非合法ビジネスの実行犯に仕立てたのは、ファイナンシャル・プランナーの鮫島臭い。七人の客が帰ったら、元大学教授に揺さぶりをかけてみるか。

八雲は洋館から離れ、自分の車の中に戻った。カーラジオでボサノバを聴《き》きながら、時間を潰《つぶ》す。

七人の客がひと塊《かたまり》になって安土邸から出てきたのは、十時過ぎだった。彼らは談笑しながら、学芸大学駅方向に歩きだした。

八雲は男たちの姿が見えなくなってから、サーブを降りた。

安土邸の門に歩み寄り、インターフォンを鳴らす。少し待つと、スピーカーから安土の声が流れてきた。

「誰か忘れ物をしたようだね？」

「わたし、鮫島の使いの者です」

「えっ⁉　いったいどうしたんです？」

「警察が安土先生をマークしてるそうです。明日にも、任意同行を求めるだろうって話でした」

「そ、そんな……」

「そんなことで、すぐ鮫島の隠《かく》れ家《が》に来てほしいというんですよ。そのことを電話で伝えたら、警察に盗聴される恐れがあるんで、わたしが直接お伝えにきたわけです」

「そう言われても、わたしは鮫島さんの住まいを知らないんだ。彼は絶対に住所を教えてくれなかったんでね。あなたが連れていってくれるんだったら……」

「いいですよ。そうしましょう」

八雲は言って、大急ぎで車の中に戻った。

安土は事実、鮫島の居所を知らないようだ。八雲はサーブを発進させた。

デザートが運ばれてきた。

洋梨のシャーベットだった。高石圭太はナプキンで口許《くちもと》を拭《ぬぐ》った。甘いものは苦手だった。

　恵比寿ガーデンプレイスにある高級フレンチ・レストランだ。テーブルの向こうには、『荻原企画』の荻原社長が坐っている。自分の右隣には、妹の瑞穂がいた。

「知人のタレント養成所の生徒を全員、瑞穂さんの審美歯科クリニックに回してやってもいいな」

　荻原がワインで酔った顔を妹に向けた。

「それは、ありがたいお話だわ。保険の利かない高額治療費を払ってくれそうな患者さんは、大歓迎ですので。もちろん、そうした方をご紹介いただいたら、荻原さんに口利き料《コミッション》をお支払いします」

「キックバックは治療費の二割ってことで、どうだろうか？」

「ええ、いいですよ」

「いや、一割にしておこう」

「急に、なぜなんです？」

「わたしはね、美人歯科医の力になりたいんだよ。もちろん、コミッションは魅力がある。しかし、金だけじゃないんだ。瑞穂さんにね、頼りになる男だと思われたいんだよ」

「わたし、口説《くど》かれてるのかしら？」

瑞穂が色っぽく笑った。

「大人の女は、わかってらっしゃる。小娘が相手だと、こうはいかない。本格的に口説く前に確認させてもらおう。いま、恋人は？」

「いません。仕事に追われてるうちに、もう五年も……」

「男っ気なし？」

「ええ、そうなんですよ」

「それは寂しいだろうな」

荻原が言いながら、妹の白い手を握った。高石は不快に感じたが、顔では笑って見せた。

瑞穂は気のある素振りを見せたが、どこか不自然だった。妹まで巻き込んでしまったことを高石は胸の裡《うち》で後悔した。

「瑞穂さんにのめり込みそうだよ」

荻原がそう言いながら、妹の手の甲を撫《な》ではじめた。

もはや限界だった。高石は立ち上がった。

「あれっ、トイレ？」

荻原が訊《き》いた。

「いいえ、先に帰ります」

「気を利かせてくれたわけだ」

「ええ、まあ。妹にいい患者を紹介してくださいね」

「もちろん、そうするよ」

「よろしくお願いします。支払いはカードで済ませて帰りますんで、ごゆっくり！」

高石は卓上の伝票を手に取って、レジに向かった。

フレンチ・レストランを出ると、隣接している外資系ホテルのバーに入った。妹は、予《あらかじ》めチェックインした十八階のツインベッドの部屋に荻原を誘い込む手筈《てはず》になっていた。

高石はカウンターの端に腰かけ、スコッチ・ウイスキーの水割りを飲みはじめた。一服してから、スマートフォンをマナーモードに切り替えた。

――悪徳芸能プロの社長は妹をものにできると思ってるんだろうが、世の中、そんなに甘くないって。

高石は水割りを飲み干し、すぐにお代わりをした。

客は疎《まば》らだった。奥で女性ピアニストが、『サマータイム』を演奏していた。色が抜けるように白く、どこか儚《はかな》げな女性だ。二十六、七歳だろう。好みのタイプだったが、まだ色恋にうつつを抜かすわけにはいかない。

高石は脳裏に八年前に死んだ両親を思い浮かべながら、心の中で思った。

上着の内ポケットの中でスマートフォンが振動したのは、ちょうど二杯目の水割りを空《あ》けたときだった。スマートフォンを取り出す。

発信者は妹の瑞穂だった。

「いま、荻原はシャワーを浴びてるわ」

「わかった。おまえは自分の指紋を拭《ぬぐ》って、すぐに部屋を出ろ」

高石はそれだけ言って、電話を切った。妹は偽名でチェックインしたはずだ。高石は煙草を一本くゆらせてから、バーを出た。エレベーターに乗り、十八階まで上がる。

高石は防犯カメラの設置場所を目で確かめてから、一八〇一号室に向かった。死角に入り込み、両手に手術用のゴム手袋を嵌《は》める。

高石は静かに一八〇一号室に入った。

妹の姿はない。浴室のドア越しに、荻原の鼻歌が聞こえた。シャンソンの名曲だった。

——荻原は、ばかな奴だ。欲張るから、おれを敵に回すことになるのさ。

高石は薄く笑って、麻の上着のポケットから注射器入れを取り出した。すでに注射針をセットし、百ミリリットルの全身麻酔溶液を吸い上げてある。

高石は注射器を抓《つま》み出し、ケースは上着のポケットに戻した。浴室のドアの横の壁にへばりつく。

数分待つと、浴室のドアが開いた。腰に白いバスタオルを巻きつけた荻原が出てきた。

「おい！」

高石は荻原に声をかけた。

荻原がびくっとして、体を反転させた。

「なんで、あんたがここにいるんだ⁉」

「妹は帰ったよ」

「兄妹《きょうだい》で、このおれを嵌《は》めたんだなっ」

「やっと気づいたか」

高石は前に踏み込み、荻原の腹部に注射針を突き立てた。一気にプランジャーを押し、肩で荻原を弾《はじ》き飛ばす。

荻原は仰向《あおむ》けに引っくり返った。高石は、起き上がりかけた荻原の胸板を蹴《け》りつけた。

「き、きさま！」

荻原が唸《うな》りながら、ふたたび上体を起こした。高石は、荻原の顎《あご》を蹴り上げた。また、荻原が倒れた。

「もうじき全身が痺《しび》れて、体が動かなくなる」

「くそっ！　九鬼譲司と同じ手口で、おれを始末する気なんだな」

「その男には会ったこともないと言ったはずだがな」

「いや、それは嘘だ。おまえが自殺に見せかけて、九鬼を殺したにちがいない」

「おれは自分の手を汚したりしないさ」

高石は一メートルほど後退し、注射針を外した。上着のポケットからケースを取り出し、針と注射器を収める。

注射入れをポケットに突っ込んだとき、荻原が意識を失った。

高石はスマートフォンを手に取り、協力者の短縮アイコンをタップした。電話は、すぐに繋がった。

「すべて予定通りに運んだよ」

「後は、おれの仕事だね」

「よろしく！」

高石はスマートフォンを耳から離した。

太巻《ふとま》きを丸ごと頬張りはじめた。

2

近くのコンビニエンスストアで買った夕食だった。堀江恒生は麦茶を飲みながら、二本の太巻きを瞬《またた》く間に平らげた。アパートの自室である。

堀江は一服すると、テレビのスイッチを入れた。午後五時を回っていた。

チャンネルを何度か替えると、ある民放局がニュースを報じていた。

堀江は、ぼんやりと画面を眺めた。海外のニュースが流されていた。フランスで起こった飛行機事故が伝えられると、画像が変わった。どこかの山林が映し出された。

「きょうの昼過ぎ、タイのチェンマイ郊外の山の中で日本人男性と思われる白骨体が発見されました。前夜の集中豪雨によって山肌が削《けず》られ、埋められていた死体が剥《む》き出しになったようです」

男性アナウンサーがいったん言葉を切って、言い継《つ》いだ。

「白骨体の着衣のポケットには、市村一輝さん名義のパスポートが入っていました。現地の日本大使館の話によりますと、市村さんは三年前にタイに入国していたことがわかりました。そして、ビザが失効した後もタイ国内に不法滞在していたと思われます」

画面が変わり、パスポートに貼付《ちょうふ》された顔写真が大写しになった。

堀江は目を凝《こ》らした。明らかに市村一輝とは別人だった。市村は自分の替え玉として、白骨体で発見された人物をタイに渡らせたようだ。

「現地警察は、ＤＮＡ鑑定で死亡者の身許確認を急いでいます。また、警察はチェンマイの少女売春宿に一年数カ月前まで四十歳前後の日本人男性が住みついていたという情報も入手しています。白骨体は、その男性のものと思われます。そのほか詳しいことはわかっていません」

アナウンサーの顔が映し出され、国内ニュースに移った。

堀江はテレビのスイッチを切り、身支度に取りかかった。きょうの仕事先は、都庁舎のそばにある大手電話会社だった。

――市村は自分の替え玉を殺し屋に始末させたんだろうか。それとも、替え玉の男はタイ人と何かトラブッたのかな。どっちでもいいや。これで、市村がタイに高飛びしてないことがはっきりしたわけだ。

堀江は身繕《みづくろ》いすると、部屋の戸締まりをした。ちょうどそのとき、ドアがノックされた。八雲という男が、また何か探《さぐ》りに来たのだろうか。

堀江は警戒心を強めながら、玄関に足を向けた。

「どなたでしょう？」

「おれ、犬飼厚範《いぬかいあつのり》ってもんです。神崎の友達《ダチ》なんですよ」

「用件は何なのかな？」

「おれ、神崎やおたくに同情してんすよ。三年前のバスジャック、市村一輝って奴にまんまと嵌《は》められたんでしょ？」

犬飼と名乗った相手の声は大きかった。アパートの入居者には聞かれたくない内容の話だ。

堀江は大急ぎで部屋のドアを開けた。

来訪者は二十四、五歳の細身の男だった。残忍そうな面構《つらがま》えで、アロハシャツをだらしなく着込んでいる。下はチノクロスパンツだ。

堀江は犬飼を三和土《たたき》に入れ、ドアを閉めさせた。

「おれ、バスジャックの件を事前に神崎に聞かされてたんすよ。神崎とおたくは、七千万ずつ貰《もら》えるって話だったんでしょ？」

「うん、まあ」

「神崎は刑務官を含めて三人の人間を殺《や》っちまってるから、死刑になることは間違いないすよ」

「そうなるかもしれないな」

「このままで、いいんすか？」

「え？」

「神崎もおたくも、市村って野郎にコケにされたんですよ。このまま黙ってたら、男が廃《すた》るでしょうが？　おれね、神崎の復讐《ふくしゅう》相続人になるつもりなんす」

「復讐相続人？」

「そう。おれが考えた造語っすよ。神崎は収監されてるわけだから、仕返ししたくても市村に何もできないっすよね？」

「そうだな」

「神崎とおれは中一のときから、ずっと一緒に遊んできた仲なんすよ。親友《マブダチ》なんすよね。だから、おれには神崎の悔しさがよくわかるんす。あいつは汚れ役を引き受けたんだから、約束の分け前を貰って当然でしょ？」

「まあね」

「市村って野郎は、『新みちのく交通』から億単位の身代金を奪《と》ったんでしょ？」

「それがわからないんだ。あの事件以来、市村と一度も接触できてないからね。しかし、おそらく三億そこらは手に入れたんだと思うよ。だからこそ、市村はタイに高飛びしたように装ったんだろう」

　堀江は、うっかり口走ってしまった。すぐに後悔したが、すでに遅かった。

「市村って奴は高飛びした振りをして、日本のどこかに隠れてるんすか⁉」

「ああ、おそらくね」

「だったら、おれと二人で市村を燻《いぶ》り出しましょうよ。おれ、だいぶ前に神崎から市村と別れた女房が花梨とかいう娘と宇都宮に住んでるって話を聞いたことがあるんす」

「そうなのか」

「元妻の名は芦沢志津江だったと思う。そこまでわかってるんだから、芦沢母娘の居所は調べ上げられるでしょ？」

「いったい何を考えてるんだ？」

「市村のひとり娘を引っさらって、どこかで殺《や》っちまうんすよ。もう花梨って娘《こ》は中三ぐらいだろうから、殺す前に姦《や》っちまってもいいな。行きがけの駄賃にね。市村がどこに隠れてるか知らないけど、てめえの娘が死んだとなりゃ、葬儀には顔を出すはずっすよ」

「市村を待ち伏せして、二人分の分け前を吐き出させようって魂胆《こんたん》なんだな？」

「そうっす。場合によっては、市村の持ち金をそっくりいただいちゃいましょうよ。おれね、神崎の取り分の七千万はあいつの姉貴にそっくり渡してやるつもりなんす。だから、おれ自身の手間賃も少しは貰わないとね」

犬飼がそう言って、卑《いや》しい笑い方をした。

「神崎のためとか言ってるが、要するに銭《ぜに》が欲しいんだろ？」

「銭は二の次っすよ。おれ、神崎の代わりにきっちりと決着《オトシマエ》つけてやりたいんす」

「だったら、そっちひとりでやれよ」

「でもさ、相棒がいたほうが何かと心強いじゃないっすか。おたくだって、ひとりで市村に仕返しするよりは共犯者《レツ》がいたほうがいいでしょ？」

「市村のことは憎んでるが、何かするときは自分だけでやるさ」

「そんなことしたら、返り討ちにされるかもしれないっすよ」

「そのときは、そのときさ」

「そこまでカッコつけることはないでしょうが。おれと組んで、市村からできるだけ毟《むし》り取ってやりましょうよ。おたくは、もう前科《ホシ》をしょっちゃったんだ。まともな会社に就職するのは無理でしょ？　少しまとまった金があれば、小さな店ぐらい持てると思うんだよね。おれ、居酒屋のオーナーになりたいんすよ」

「そっちと組む気はないっ。もう帰ってくれ。これから仕事があるんだ」

「仕事って、何をやってるんすか？」

「ビル掃除だよ」

「神崎から聞いたんすけど、おたく、大学中退なんだってね」

「それがどうしたというんだ？」

「一応、大学まで進んだ人間がビル掃除をやることはないんじゃないっすか」

「おれが辞めたのは三流大学だったんだ。仮に卒業してたとしても、一流企業には入れてもらえないさ」

「それにしても、ずっとビル掃除の仕事をするんじゃ、なんか冴《さ》えないでしょ？」

「余計なお世話だ。帰ってくれっ」

堀江は犬飼を部屋から追い出した。


採光窓さえない。

室内は真っ暗だ。地下室らしい。

荻原善仁はコンクリートの床に転がされていた。トランクス姿だ。

両手は腰の後ろで針金で縛られ、足首には鉄の足枷《あしかせ》を嵌《は》められていた。口の中には、生ゴムの球《ボール》を突っ込まれている。

恵比寿の外資系のホテルの一室で、高石圭太に麻酔注射で眠らされたことは鮮明に憶《おぼ》えている。意識を取り戻したときは、すでにここに寝かされていた。

それ以来、ずっと放置されたままだ。食べものはおろか、水も与えられない。垂れ流した小便で、トランクスは湿っている。

下手に動くと、口の中のラバーボールが喉を完全に塞《ふさ》いでしまう。それが最も辛い。絶《た》えず舌の先でラバーボールを頬の片側に寄せていないと、わずかな隙間も生まれない。

――高石は、おれがここで窒息死するか餓死するのをじっと待つ気なんだな。陰険な奴だ。いっそひと思いに殺してもらいたいよ。

荻原は体が衰弱し切っていた。空腹で目が回る。渇いた喉は引っついたままだ。

それにしても、迂闊《うかつ》だった。どうして高石兄妹の罠《わな》に気づかなかったのか。

芸能界は海千山千《うみせんやません》ばかりだ。怪物だらけといっても、過言ではない。そのせいで、若いころから他人とはいつも用心深く接してきた。つい気を緩《ゆる》めてしまったのは、高嶺《たかね》の花と思っていた美人歯科医の瑞穂を思いのほか簡単に口説けそうだったからだろう。

仕事柄、芸能人になりたがっている女たちをホテルに連れ込むことはたやすい。しかし、その種の尻軽女《しりがるおんな》を抱いても興醒《きょうざ》めするばかりだ。

いつからか、荻原は知性派美人を嬲《なぶ》るように抱くことに無上の歓《よろこ》びを懐《いだ》くようになっていた。下剋上《げこくじょう》にも似た征服感は、さまざまなコンプレックスを吹き飛ばしてくれる。憂《う》さも晴れる。荻原は美しい瑞穂をとことん辱《はずかし》めて、ストレスを解消したかった。

高級フレンチ・レストランにいるときから、淫蕩《いんとう》な想像に耽《ふけ》っていた。そうした無防備さが命取りになってしまったようだ。

ドアが軋《きし》んだ。

外から仄《ほの》かな光が地下室に射し込んだ。足音がゆっくりと近づいてくる。

荻原は目を大きく開いた。歩み寄ってきたのは鮫島だった。歩《ほ》を運ぶたびに、右肩がわずかに傾く。独特な歩き方だった。

鮫島が近くで立ち止まった。すぐに床に片膝をつき、荻原の口からラバーボールを取り出した。

荻原は肺に溜《た》まっていた空気を一気に吐き出し、大きく息を吸った。

「体の下には、だいぶ小便が溜まってるな。けど、糞《くそ》は垂らしてないようだね」

鮫島が言った。

「ここは、どこなんだっ。もしかしたら、高石の自宅の地下室なんじゃないのか？」

「その質問には答えられない。おまえは餓死するまで、ここにいることになる。死んだら、硫酸クロムのお風呂に入れてやろう。おまえは、わずか数十分で骨だけになるはずだ。骨はハンマーで粉々《こなごな》に砕《くだ》いて、水洗トイレに流してやる」

「きさまが意識を失ったおれをホテルの部屋から、この地下室に運んだんだなっ」

「そうだ」

「何しに来たんだよ？」

「おまえに訊《き》きたいことがある」

「何を知りたいんだ？」

「おまえはホテルの部屋で、瑞穂さんに何もしてないな？」

「キスしようとしたら、うまく躱《かわ》されてしまったんだ」

「それはよかった」

「きさま、高石の妹に惚《ほ》れてるんじゃないのか？」

「まあな。しかし、その想いを伝えたことはない。それどころか、誰にも気づかれないようにしてきたんだ」

「いまどき、ずいぶん古風なことを言うじゃないか」

「おれにとって、瑞穂さんはお守りしなければならない女性なんだ。恋をしてはいけない相手なのさ」

「きさまは、高石兄妹に仕《つか》えてるような感じだな。それから、ただのファイナンシャル・

プランナーじゃないんだろ？」

「それ、どういう意味なんだ？」

「きさまは高石の汚れ役を引き受けてるんじゃないのか？　たとえば、奴に代わって裏金づくりに励んでるとかさ」

「何か証拠でもあるのかい？」

「勘だよ、勘！　きさまはどう見ても、真っ当なファイナンシャル・プランナーには見えない」

「ふうん」

「どうなんだ？」

「好きに考えてくれ」

「うまく逃げたな。それから、きさまは顔をいじってる。おれは、整形した芸能人をたくさん見てきた。どいつも造作《ぞうさく》が妙に整い過ぎてて、どこか不自然なんだよ。きさまの体格と顔の輪郭はアンバランスだ」

「…………」

「それだけ肩幅があったら、ふつうは顎《あご》の造りもそんなにほっそりとはしてない」

「美容整形医みたいなことを言うんだな」

「それだけ大勢の整形美人を見てきたってことさ。それから、鮫島も偽名なんだろ?」

荻原は言った。鮫島がかすかにうろたえ、視線を外した。

「やっぱり、そうだったんだな。きさまは高石兄妹のために、何か危《ヤバ》いことをしたんだろう? だから、顔や名前を変える必要があった。違うかい?」

「他人のことよりも、自分の人生を振り返れや。もうじき死ぬんだぜ、おまえは」

鮫島がそう言い、荻原の頰をきつく挟みつけた。

荻原は苦しくなって、口を開いてしまった。すぐに生ゴムのボールが口の中に突っ込まれた。荻原は、裏取引を持ちかけた。しかし、口の中で発した言葉は鮫島には届かなかったようだ。

「あばよ」

鮫島が大股《おおまた》で遠ざかり、ほどなく地下室のドアは閉ざされた。荻原は全身から力が脱《ぬ》けてしまった。


バッグの中でスマートフォンが鳴った。

伊吹亜矢はパソコンのディスプレイから目を離し、机のサイドフックに掛けてある夏物の白いバッグを手に取った。職場である。

発信者は母だった。

「麻里に何かあったのね？」

亜矢は先に口を開いた。

「ちょっと気になることがあるのよ。正午前に麻里が女子大時代の友人に急に会いたくなったからって、東京に行くと言って家を出ていったの」

「その友達の名前は？」

「言わなかったの、それは。そのことも変なんだけど、朝から麻里の様子がおかしかったのよ」

「どんなふうにおかしかったの？」

「わたしが話しかけても、とんちんかんな受け答えしかしなかったし、何か思い詰めてるような顔つきだったわ。この前、珍しく散歩に出たんだけど、そのときに不快な思いをさせられたらしいの」

「どんなことで？」

「二人連れの女子高生の片方と道でぶつかったとかで、相手に絡《から》まれたんだって。その相手は麻里の頬の傷跡《きずあと》に気づいて、急におとなしくなって謝ったんだそうよ。やくざの姐《あね》さんと思われたんでしょうね」

「それ以来、麻里は沈み込んでたわけ？」

「そうなのよ。でもね、きのうの夕方、ちょっと外出したの。母さん、そのことが妙に気になったんで、さっき麻里の部屋に入ってみたのよ。そうしたらね、屑入《くずい》れの中に果物ナイフのレシートが捨ててあったの」

「母さん、麻里は果物ナイフで高石美容クリニックの院長を刺して、自分も死ぬ気なのかもしれないわ」

「わたしもそう直感したんで、亜矢に電話したのよ。仕事中に悪いけど、ちょっと六本木の高石美容クリニックに様子を見に行ってもらえないかしら？」

「わかったわ。すぐに行ってみる」

「亜矢、頼むわね」

母が涙声で言い、通話を打ち切った。

亜矢はスマートフォンをバッグにしまうと、そのまま編集部を飛び出した。会社の前でタクシーを拾い、六本木に急ぐ。午後四時を回っていた。

二十分そこそこで、目的地に着いた。

タクシーを降りると、高石美容クリニックの斜め前のガードレールに腰かけている麻里の姿が目に留《と》まった。亜矢は妹に駆け寄った。

「お、お姉ちゃん!?」

麻里が弾《はじ》かれたようにガードレールから立ち上がった。

「隠し持ってる果物ナイフを出しなさい」

「え?」

「しらばっくれても、駄目よ。麻里は高石を道連れにして、無理心中する気だったんでしょ?　さっき仙台の母さんから電話があったの」

「ええ、そうよ。傷痕のことで悩むことに疲れちゃったの。だから、高石の心臓をひと突きしてから、自分の頚動脈《けいどうみゃく》を切断する気だったのよ。だけど、いざとなったら、足が竦《すく》んでしまって……」

「麻里、自分に甘えるのはもうやめなさい」

「お姉ちゃんは顔に傷ひとつないから、そんなこと言えるんだわ」

「まだ、そんなことを言ってるの。だったら、果物ナイフでわたしの頬を切ればいいわ。わたしは顔に傷ができたくらいじゃ、命を粗末にしないっ。麻里、早くナイフを出しなさい。そして、何度でもナイフを閃《ひらめ》かせればいいわ」

亜矢は両手を腰に当てた。妹は下を向いたまま、じっと動かない。

「早くナイフを出しなさい」

「お姉ちゃん、ごめん!」

「どうしたのよ?」

「わたし、まだ死にたくない。死にたくないよ」

「だったら、勁《つよ》く生きなきゃね」

亜矢は優しく言って、妹を抱き寄せた。麻里はうなずきながら、静かに泣きはじめた。もう妹も大丈夫だろう。亜矢は情愛を込めて、麻里の頭を撫《な》でた。

3

パソコンの画面の数字をもう一度見た。

間違いなく、持ち株は三十七パーセントに達している。

高石圭太は頰を緩《ゆる》めた。院長室だ。昼休みだった。

——四十二パーセントになれば、『新みちのく交通』の筆頭株主になれる。不幸な死に方をした両親も、あの世で喜んでくれるだろう。大番頭として父母に仕えてくれた惣二郎さんにも申し訳が立つ。

高石は協力者が非合法ビジネスで工面《くめん》してくれた約百億円と自分の貯《たくわ》えの十七億円を加

えて、せっせと『新みちのく交通』の株を買い集めてきたのである。

といっても、自分は表面には出ていない。遣《や》り手のM&Aコンサルタントにバス会社の株を買い漁《あさ》らせたのだ。

現筆頭株主の富成繁夫《とみなりしげお》は、M&Aコンサルタントを操《あやつ》っている人物が自分だとは夢にも思っていないだろう。『新みちのく交通』の経営権を失ったとき、憎き相手は狼狽《ろうばい》し、ひどく取り乱すにちがいない。一日も早く富成を打ちひしがらせたいものだ。

高石はパソコンの電源を切り、机上のリモート・コントローラーを摑み上げた。その遠隔操作器を使って、大型液晶テレビのスイッチを入れる。

ニュースが流されていた。

放火事件のニュースが終わると、画面に農業用水路が映し出された。

「今朝《けさ》五時ごろ、宇都宮市郊外の下金井《しもかない》町の農業用水路の中で全裸の女子中学生の遺体が発見されました」

女性アナウンサーが少し間《ま》を取って、言い重ねた。

「亡くなったのは同市滝谷町の芦沢花梨さん、十五歳とわかりました。花梨さんは昨夜、塾帰りに何者かに拉致され、絞殺された後、用水路に遺棄《いき》された模様です。数カ月前にも現場近くの雑木林で帰宅途中のOLが乱暴されて、絞殺されました。警察は変質者による犯行という見方を強めています。次は空き巣のニュースです」

画像が変わった。

高石はテレビのスイッチを切り、協力者のスマートフォンを鳴らした。

「なんて慰めていいやら……」

「若《わか》、何を言ってんです？」

「花梨ちゃんが殺されたこと、まだ知らないのか⁉」

「悪い冗談はやめてほしいな」

相手が苦笑混《ま》じりに言った。高石はテレビのニュースで知ったことを伝えた。

「なんてことなんだ。おそらく花梨は殺される前に、暴行されたんだろう。かわいそうに」

「数カ月前にも現場近くで似たような事件があったとかで、警察は変質者の犯行と見てるようだよ」

「その事件の犯人の仕業《しわざ》じゃない気がします」

「どういうことなんだい？」

「誰かがおれを誘《おび》き出したくて、花梨を殺したにちがいない」

「安土たちが逆襲する気になったんだろうか。それとも……」

「多分、三年前の事件に関わりのある奴が復讐する気になったんだろう。そうだとしたら、花梨を殺したのは堀江恒生かもしれないな」

「罠を仕掛けられたわけか」

「きっとそうですよ。敵は、おれが花梨の通夜か告別式に出るにちがいないと思ってやがるんだろう」

「そうだとしても、それほど心配することはないよ」

「ええ、そうですね。三年前とは、おれの顔はすっかり変わってるから。若のおかげで、おれは別人になれた」

「花梨ちゃんは司法解剖に回されるはずだが、できるだけ早く対面してやりなよ」

「そうするつもりです。そして……」

「犯人がどこかで待ち伏せしてたら、逆に始末してやろうと思ってるんだね？」

「ええ、まあ」

「そうしたい気持ちはわかるが、それを実行するのはもう少し先に延ばしてもらえないか。例の会社の筆頭株主になる日は、そう遠くないんだ。いま、われわれが警察にマークされるようなことになったら、両親や惣二郎さんの無念を晴らすことができなくなってしまう」

「だけど、若！」

「わかってる、わかってるよ。花梨ちゃんは、大事な娘だったわけだからね。犯人を八つ裂《ざ》きにしてやりたい気持ちは痛いほどわかる。何も娘の復讐をするなと言ってるわけじゃないんだ。『新みちのく交通』の経営権を握ったら、花梨ちゃんを殺した奴を個人的に始末すればいいじゃないか」

「若がそう言うんだったら、そうしましょう」

「そうしてくれないか」

「ただ、犯人の面《つら》を見たら、怒りを抑《おさ》えられるかどうかね」

「辛いとこだろうが、いまは堪《こら》えてくれないか。頼むよ」

高石は言って、電話を切った。

ほとんど同時に、着信ランプが灯《とも》った。発信者は妹の瑞穂だった。

「彼の娘さんが殺されたこと、兄さん、知ってる？」

「さっきテレビニュースで知って、彼に電話をしたとこなんだ」

「そう。わたし、あの男性《ひと》に済まない気がして仕方がないの。彼は、わたしたちの報復に加担してくれることになってから、いろいろ手を汚して会社も最愛の娘も失ってしまったのよ」

「そうだな」

「わたしたちも手術費・治療費の水増し請求や再手術なんかで株の買い占め資金を工面してきたわけだけど、とことん自分の手は汚してないわ。すでに目的のために人生を棄《す》ててしまってる彼と較《くら》べたら、なんだか狡《ずる》い気がしない？」

「そのことは否定しないよ。しかし、おれたちが表立った動きを見せたら、当然、富成は警戒する。そうなったら、経営権を握るまで『新みちのく交通』の株は買い集められなくなってしまうだろう。筆頭株主になるまで、あと一歩なんだ。それまで彼に甘えさせてもらおうよ」

「兄さん、『新みちのく交通』の経営権を手に入れたら、彼を取締役のひとりにしてあげて。それから、後日、分配することになってる持ち株の件なんだけど……」

「何か希望があるんだな？」

「ええ。わたしの持ち株は半分ずつ兄さんと彼に無償で譲渡するわ」

「瑞穂、おまえはいつの間にか、彼に愛情を感じはじめてたんだな？」

「ええ、そうよ。彼は粗野だけど、わたしをとっても大事にしてくれてると感じたの。調子よく世を渡ってきたくせに、わたしの前ではまるで内気な少年みたいになっちゃう。そうした無器用さがなんか好ましくて……」

「多分、彼は昔から瑞穂のことが好きだったんだろう。しかし、自分は番頭の倅《せがれ》だからという妙な遠慮があって、胸の想いを表すことを抑えてきたんだと思うよ。時代離れした尽《つ》くし方は、父親の惣二郎さんにそっくりだな」

「ええ、そうね。で、兄さん、どうなの？」

「そうしたいと言うんだったら、おまえの持ち分は彼とおれが半分ずつ譲ってもらうことにするよ。もちろん、瑞穂に言われるまでもなく、彼を『新みちのく交通』の重役にするつもりでいたんだ」

「そうだったの。ところで、荻原はまだ生きてるのかしら？」

「ああ、時々、意識が混濁《こんだく》してるそうだから、間もなく餓死するだろう。あの男は欲をかいたから、寿命を自ら縮めてしまったんだ」

「そうよね。あっ、固定電話が鳴りはじめたわ」

「それじゃ、またな！」

高石は急いで通話を切り上げた。


ドアが乱暴に叩かれた。

その音で、堀江恒生は眠りを破られた。どうせ新聞の勧誘だろう。堀江は寝返りを打っただけで、寝床から離れなかった。

ノックは執拗《しつよう》だった。堀江は舌打ちして、勢いよく跳《は》ね起きた。

ドアを開けると、歩廊《ほろう》に犬飼が立っていた。

「市村の娘を殺《や》ったよ」

「えっ⁉」

「まだ知らなかったようっすね。今朝《けさ》早く宇都宮郊外の農業用水路の中で女子中学生の全裸死体が発見されたって、マスコミが騒いでるんだけどな」

「なんて奴なんだ。相手は、まだ子供じゃないか」

「もうガキじゃなかったっすよ。おっぱいは立派に育ってたし、下の毛だって生え揃《そろ》ってた。二発やってから、電気コードで首を……」

「市村の娘をいつ誘拐したんだ？」

「きのうの七時過ぎっすよ。学習塾の帰りに自転車ごと突き倒して、花梨って娘を車の中に押し込んで、下金井ってとこに連れてったんす。それでさ、林の中で裸にして姦《や》っちまったんすよ。それから、殺したわけ」

「何しに来たんだっ。おれは共犯にはならないって、はっきりと言ったはずだぞ」

「そのことは忘れちゃいないっすよ。けどさ、もう一度考えてみなって。市村は絶対に今夜、別れた女房の家《ヤサ》に行くよ。娘の遺体はどこか医大の法医学教室に運ばれたんだろうけど、親なら、早く死んだ娘と対面したいだろうから。それに、元妻も励ましたいだろうしね」

「そういう人間らしい感情を持ってるのに、十五、六の少女をなんで殺したんだっ」

「どうしても、市村を誘《おび》き出したかったからっすよ。花梨は運が悪かったんだ。おたくはおれと一緒にいるだけでいい。おれが市村と話をつけるっすよ。だから、これから宇都宮に行こう？」

「断る」

「そうはいかねえぞ」

犬飼がだぶだぶの白いパンツのポケットから、バタフライナイフを取り出した。片方の柄《え》が振られ、刃が剝《む》き出しになった。

堀江はドア・ノブを引いた。フレームとドアの間に、犬飼の右腕が挟まれた。堀江はノブをさらに強く引っ張った。

「うっ」

犬飼が呻いた。数秒後、バタフライナイフが三和土《たたき》に落ちた。

堀江は刃物を拾い上げ、ドアを肩で弾《はじ》いた。

「帰れよ。帰らないと、おまえの腹を刺すぞ」

「わかったよ。消えてやらあ。おたく、度胸がねえな」

犬飼は捨て台詞《ぜりふ》を吐くと、そそくさ歩み去った。

堀江はドアの内錠を掛け、敷き蒲団《ぶとん》の上に胡坐《あぐら》をかいた。犬飼が言っていたように、娘の死を知った市村は潜伏先から芦沢志津江の自宅に向かうだろう。自分を陥《おとしい》れた憎い男を取っ捕まえるチャンスだ。

この機会を逃《のが》したら、もう市村を追い詰めることはできないかもしれない。しかし、ひとり娘を惨殺された市村は気が立っているはずだ。逆に自分がぶちのめされてしまう恐れもあった。といって、このまま恨みを水に流せるものではない。

堀江は枕許に置いた定期入れを抓《つま》み上げ、沙霧の写真に目をやった。

――この目で直《じか》に沙霧を見たことは一度もないが、この子は自分の娘なんだ。わが子に何もしてやれないなんて、親として情けなさすぎる。やっぱり、市村から自分の分け前は貰おう。

堀江はスマートフォンを使って、会社に電話をかけた。受話器を取ったのは古株の男性社員だった。

「堀江です」

か?」

「食中《しょくあた》りで、下痢に悩まされてるんですよ。きょうだけ仕事を休ませてもらえませんか?」

「そういうことなら、仕方ないな。いいよ、ゆっくり養生《ようじょう》してくれ。お大事に!」

「ありがとうございます」

堀江は通話を打ち切った。すぐに外出の仕度に取りかかった。

部屋を出たのは数十分後だった。

電車を乗り継《つ》いで、宇都宮に向かう。手に持った綿ジャケットの中には、犬飼が持っていたバタフライナイフが入っていた。市村に何かされそうになったら、刃物で威嚇《いかく》するつもりだ。

宇都宮駅に着いたのは、午後二時半過ぎだった。

堀江はタクシーで、市村の元妻の自宅に急いだ。しかし、芦沢宅は留守だった。

花梨の母親は司法解剖が終わるまで、医大の法医学教室に留《とど》まっているのか。それとも、遺体とともにセレモニーホールに向かったのだろうか。

堀江は、芦沢宅から少し離れた日陰にたたずんだ。

一時間が過ぎても、花梨の母親は帰宅しなかった。市村も訪れない。なぜか、犬飼の姿も見当たらなかった。いざとなったら、怖気《おじけ》づいてしまったのか。

市村は、元妻の家を訪れたのかもしれない。しかし、別れた女房とは会えなかった。それで、ひとり娘が殺された現場に行ったのではないだろうか。

ふと堀江は、そう思った。

表通りに戻り、バスで宇都宮駅に戻った。堀江は別のバスに乗り換え、下金井町で下車した。バス停の近くの雑貨屋で、前夜の事件現場を教えてもらう。

堀江は、すぐさま事件現場に向かった。

新興住宅地を抜けると、水田や畑が目につくようになった。さらに数百メートル歩く。

教えられた農業用水路は、畦道《あぜみち》の脇にあった。水路の幅は二メートル弱だった。

堀江は用水路に沿って、六、七十メートル進んだ。

すると、幾束《いくたば》かの献花が視界に入った。ペットボトルやスナック菓子も並んでいる。花梨の死体が発見された場所だろう。

堀江は近くで足を止め、一分ほど合掌した。市村一輝は憎いが、娘の花梨にはなんの罪もない。成仏を願う。

両手を離したとき、田んぼの向こうの雑木林の中で男の怒声がした。喚《わめ》いているのは、犬飼だった。

市村と言い争っているのかもしれない。

堀江は用水路を渡り、雑木林の中に走り入った。

犬飼は、四十年配のハンサムな男と向かい合っていた。市村ではない。ただ、色の黒さと背恰好《せかっこう》は市村とよく似ている。

「鮫島孝行だって？」

犬飼が相手に訊き返した。四十絡みの男が無言でうなずいた。

「あんた、用水路のとこで泣いてたよな？　本当はさ、花梨の親父の市村一輝なんだろ？　おれはあんたを見た瞬間、そう直感したよ」

「………」

「なんだって黙ってんだよっ。なら、言ってやろう。花梨をレイプして殺したのは、このおれさ。おれの友達《ダチ》の神崎を騙《だま》した市村一輝を誘き出したくて、わざと花梨を殺《や》ったんだよ。神崎の代理人として、奴の分け前の七千万円を受け取りに来たわけさ」

「………」

「なんだよ、その目は！」

犬飼が身構えた。

相手は何も言わずに犬飼に組みついた。大腰《おおごし》で犬飼を投げ飛ばすと、腹部と顔面を交互に蹴りつけた。犬飼は蹴られるたびに、四肢《しし》を縮めた。

四十男は足許の大きな石塊《いしくれ》を拾い上げると、それで犬飼の顔面を打ち据《す》えはじめた。

何かの役に立つかもしれない。

堀江は綿ジャケットのポケットからスマートフォンを取り出し、男の蛮行《ばんこう》を動画撮影しはじめた。

やがて、犬飼はぐったりと動かなくなった。

男は血塗れの石を投げ捨てると、犬飼の上に馬乗りになった。そして、両手で犬飼の首を締め上げた。

堀江はアングルを変えながら、撮りつづけた。

ほどなく四十年配の男は立ち上がった。犬飼は微動だにしない。息絶えたのだろう。

男がスラックスの埃《ほこり》を手で払い、ゆっくりと歩きはじめた。歩《ほ》を運ぶたびに、右肩が傾いた。特徴のある歩き方は忘れもしない。

「あんたは、市村一輝だなっ」

堀江は大声で言って、身を屈《かが》めた。四十男が振り向いた。

「わたしは鮫島という者だ」

「その声にも聴き覚えがある。あんたは間違いなく市村だ。整形で顔かたちを変えたようだが、声と歩き方は以前と変わってない」

「そこに隠れてるのは、堀江恒生だな？」

「ああ、そうだ。あんたは、神崎の友達の犬飼を殺した。そのときの動画をスマホで撮《と》らせてもらった」

堀江は膝を伸ばして、市村に近寄った。

「声と歩き方で見抜かれちまったか。そうだ、おれは市村だよ。娘を殺した男を始末したことを警察に教えるつもりなのか？」

「そのことは黙っててやろう。実の娘を殺された父親の憤《いきどお》りはわかるからな」

「三年前の約束を果たせってわけか？」

「そうしてもらう。ただし、おれの取り分だけじゃなく、神崎の分け前も上乗せしてもらうぞ。併《あわ》せて一億四千万円だ」

「『新みちのく交通』から協力者が身代金を奪ったことは間違いないんだが、そいつに全額持ち逃げされちまったんだよ。おれは一円も分け前を貰ってない上《うえ》に、協力者に命を狙われはじめたんだ。それで顔を整形手術で変え、別人になりすましてたんだよ」

「もっともらしい嘘をつくなっ。あんたがそのつもりなら、警察に突き出すことになるぞ。それでもいいのか！」

「わかった。おれの負けだ。一億四千万は払ってやろう。金は知り合いの別荘に隠してあるんだ」

「安全な場所で金を受け取りたいな」

「いいだろう。明日の夕方、そっちの指定した場所に金を持っていくよ。それでいいな？」

「ああ」

「よし、取引は成立だ」

市村がにこやかに言い、握手を求めてきた。

堀江は市村の手を握り返した。そのとき、中指に尖鋭《せんえい》な痛みを覚えた。堀江はすぐに右手を引っ込め、後ずさった。

「この指輪には、麻酔針が仕込んであるんだよ。リングの中には全身麻酔薬が入ってるんだ。親しくしてるドクターが考案した武器さ」

市村が右手をひらひらさせて、にっと笑った。堀江は手脚《てあし》が痺《しび》れ、動くに動けなくなった。視界がぼやけはじめた。

ほどなく体を支えられなくなった。堀江は泥人形のように足許から崩れた。倒れ込んだ瞬間、何もわからなくなった。

4

液漕《えきそう》の栓《せん》を抜いた。

硫酸クロムが徐々に減っていく。市村一輝は液漕の中を見つめていた。白煙が立ち昇っている。

房総《ぼうそう》の鴨川《かもがわ》の丘の上にある高石圭太の別荘の地下室だ。花梨の告別式があった翌日の正午前である。

やがて、液漕の底に折り重なった三つの白骨体が見えてきた。荻原、犬飼、堀江の三人の白骨だ。市村は両手に分厚《ぶあつ》いゴム手袋を嵌《は》めると、一体ずつ白骨体を床に敷いたビニールシートの上に移した。

長いこと硫酸クロムに浸《ひた》された人骨は、ひどく脆《もろ》かった。強く抓《つま》むと、たちまち砕ける。

市村は屈《かが》み込んで、ハンマーで無造作に白骨を叩き潰《つぶ》しはじめた。三つの白骨体を粉々にすると、それをまとめてポリ袋に詰めた。

——荻原と犬飼を始末したことには何も罪の意識は感じないが、堀江まで殺さなくてもよかったのではないか。おれは、あいつを利用したわけだから、ちょっぴり良心が疼《うず》く。しかし、堀江を生かしておいたら、おれたちは復讐を果たせなくなるからな。

市村は、三人の遺灰の詰まったポリ袋を抱え上げた。

それほど重くはない。市村は地下室の階段をゆっくりと上がり、一階のトイレに足を向けた。

ポリ袋を傾けながら、少しずつ遺灰を水洗トイレの便器の中に落とす。流水コックを捻《ひね》りつつ、遺灰を流していく。

——やっぱり、堀江は殺すべきじゃなかったな。

市村は殺された花梨を偲《しの》んだとき、不意に堀江にも子供がいたことを思い出した。三年前にバスジャック事件の実行犯に仕立ててから、彼の人生は暗転してしまった。

単なる飲み友達だった堀江には、別に何も恨みはなかった。失業中の彼を利用したことは罪深い。意識を失った堀江を雑木林の中に置き去りにして、姿をくらますべきだった。

市村は改めて後悔した。

だが、もはや手遅れだ。それに、八年前に自死した父の惣二郎の無念は晴らさなければならない。若いころから親不孝ばかり重ねてきた自分にできる償《つぐな》いは、亡父の恨みを晴らすことだけだ。

やがて、ポリ袋は空になった。

市村は洗面所で手を洗うと、テラスに出た。眼下に青い海原が見える。光の鱗《うろこ》がたゆたっていた。どこか幻想的な眺めだった。

──こういう所で好きな女とのんびり暮らせたら、最高だろうな。

市村は美人歯科医の顔を脳裏に蘇《よみがえ》らせながら、胸底《きょうてい》で呟いた。

そのすぐ後、懐でスマートフォンが鳴った。市村はスマートフォンを耳に当てた。

「例の三人は灰にしてくれたね？」

「少し前にトイレに流したよ」

「それは、ご苦労さまでした」

「若、なんか声が沈んでるね。何か心配ごとでもあるのかな？」

「少し前に町田署の折笠って刑事が来てね。全身麻酔薬の納品書と在庫のチェックをさせてほしいと言ったんだ」

「えっ」

「心配ないよ。治療時以外に使った分も、ちゃんとカルテに付け加えておいたから」

「でも、刑事が看護師たちに事情聴取して裏付《ウラ》けを取ろうとしたら、危《ヤバ》いな」

「麻酔注射はドクターしか使えないんだ」

「だけど、手術には複数のナースが立ち会ってるわけでしょ？　彼女たちは、麻酔溶液の量をチェックしてるんじゃないかな」

「だろうね。しかし、四人のナースとは他人じゃないんだ。だから、余計なことは喋《しゃべ》らないと思うよ」

「若は、ナース全員に手をつけてたのか⁉」

「うん、まあ。もちろん、どの娘《こ》も自分だけが特別な関係だと思い込んでるようだけどね」

「悪党だな、若も。それはそうと、町田署の刑事が来たってことは、九鬼譲司の事件の有力な手がかりを得たってことなんだろうな」

「そう考えたほうがいいね。折笠刑事は、九鬼が仙台に行った事実を知ってたよ」

「そいつは危《ヤバ》いな」

「少し動きを控えよう。鮫島先生は、しばらく鴨川から出ないようにしてくれないか」

「わかったよ。当分の間、電話も控える」

市村は電話を切った。ほとんど同時に、着信音が響きはじめた。

市村はディスプレイを覗いた。発信者は瑞穂だった。

「花梨ちゃんのお葬式に出ないで、ごめんなさいね。まだショックが尾を曳《ひ》いてるんでしょう？」

「ちょっとね」

「あなたを元気づけてあげたいわ。今夜、兄の別荘に行こうかしら？」

「えっ⁉」

「ご迷惑かしらね、押しかけたりしたら」

「そんなことはないが、なんのもてなしもできないから」

「たっぷり食料を買い込んでいくから、わたしが何かおいしいものを作ってあげる」

「それはありがたい話だが、別荘にはおれひとりしかいないわけだから……」

「まずい？」

「若に妙な誤解をされてもね」

「わたしは平気よ。だって、わたしにとって、あなたは最も大切な男性なんだもの」

「からかわないでくれよ、瑞穂ちゃん」

市村は困惑した。思いがけない告白をされて、すっかり面喰《めんく》らってしまった。打ち明けられたことが瑞穂の本心なら、それはとても嬉《うれ》しい。

しかし、二人が親密な間柄になっても、市村はお嬢さん育ちの瑞穂を幸せにしてやれる自信がなかった。第一、自分は人殺しだ。

「わたしのこと、嫌いじゃないんでしょ？」

「もちろん、大好きだよ。でもさ……」

「つき合ってる女性がいるの？」

瑞穂が訊いた。

「うん、まあ」

「そうだったんだ」

「その女とは腐れ縁なんだよ。だから、棄《す》てられなくてね」

市村は泣きたい気分で、作り話を口にした。

「恥ずかしいわ。わたしの一人相撲《ひとりずもう》だったのね」

「瑞穂ちゃんは大事な女だよ。でもな、妹みたいな存在なんだ」

「わかったわ。わたしが口走ったこと、忘れてちょうだいね」

瑞穂が通話を切り上げた。市村はスマートフォンを耳から離し、天井に向かって吼《ほ》えた。

『新みちのく交通』の本社ビルを探し当てた。

本社ビルは九階建てで、仙台の目抜き通りに面していた。八雲健人は深呼吸してから、本社ビルの表玄関を潜《くぐ》った。

前夜、『現代ジャーナル』の鴨下副編集長から電話があり、九鬼が殺される数日前に『新みちのく交通』の富成繁夫社長に会っていたという情報をもたらされたのだ。八雲は有給休暇をとって、この町にやってきた。すでにアポイントメントは取ってあった。

八雲は受付嬢に名を告げた。

すぐに九階の社長室に案内された。待ち受けていた富成社長は六十代の半《なか》ばで、脂《あぶら》ぎった男だった。恰幅《かっぷく》はよかったが、気品は感じられない。

名刺交換が済むと、二人はソファに向かい合った。

「九鬼譲司というフリージャーナリストは、三年前のバスジャック事件の取材をしたいとやってきたんですよ」

富成が先に言葉を発した。

「そうですか」

「犯人グループに心当たりはないかとか、マスコミには伏せられてるけど、身代金を払ったんじゃないかなんてことを質問されました」

「で、富成さんはどうお答えになったんです？」

「犯人グループには心当たりがないんで、そう答えましたよ」

「身代金は払ったんでしょう？」

八雲は畳みかけた。

「他言はしないでくださいね。警察だけしか知らないことですが、実は身代金は払ったんですよ。犯人側が指定した通り、現金五億円を積んだコンテナトラックを釜房《かまふさ》ダムに架《か》かった釜房大橋の中央に停めました」

「その場所は県内なんですか？」

「ええ、そうです。仙台南ＩＣ《インターチェンジ》の西側に釜房山があるんですが、その山裾にダムがあるんですよ。有名な秋保《あきう》温泉から少し南に下がったあたりです」

「当然、宮城県警の捜査員たちは現場に張り込んでたわけでしょ？」

「ええ。しかし、身代金を受け取りに来た奴は橋の上で十数本の発煙筒を焚《た》いて、さらに爆発音を録音したテープを大音量で流したんですよ。で、捜査員たちは橋から遠ざかってしまったんです」

「その隙《すき》にコンテナトラックごと奪われたわけですか」

「そうなんですよ。トラックは翌朝、蔵王《ざおう》山の中腹で発見されたんですが、荷台の身代金はそっくり消えてました」

「そうですか」

「あの事件以来、高速バスの利用客が激減してしまって、さっぱり商売になりません。ビジネスの世界は弱肉強食なんだが、赤字になった当社の株を春先から大量買いしてる会社乗っ取り屋が現われたんですよ」

「その方は？」

「東京の赤坂に事務所を構えてるM＆Aコンサルタントの若槻勇樹《わかつきゆうき》です。若槻はまだ四十そこそこらしいんですが、凄腕のグリーン・メーラーだという噂です。すでに若槻は、うちの株を三十七パーセントも押さえてる」

「その若槻が『新みちのく交通』の経営に参画したいと考えてるんでしょうか？」

「それはないだろうね。スポンサーがいて、株を買い漁《あさ》ってるんでしょう。そうに決まってる。赤字会社を欲しがる人間は、そう多くない。おそらく若槻を動かしてる人物は、このわたしをぶっ潰《つぶ》したいんでしょうね」

富成は豪快に笑ってみせ、左手首の時計にわざとらしく目を落とした。そろそろ引き取れという意味だろう。

これ以上粘《ねば》っても、収穫はなさそうだ。八雲は礼を言って、辞去した。

富成は誰かに恨まれているようだ。それに、会社にさほど愛着は感じていないのだろう。

八雲はバス会社を出た足で、法務局に回った。

そこで、『新みちのく交通』の法人登記簿を閲覧《えつらん》した。その結果、八年前まで同社の代表取締役は高石精一《せいいち》だったと知った。副社長は高石咲子《さきこ》で、専務は市村惣二郎となっていた。どうやら現社長の富成が会社を乗っ取ったらしい。

八雲は市役所に行き、警察官を装って住民基本台帳を閲覧した。ポリスグッズの店で買った模造警察手帳を呈示《ていじ》したのだが、別に職員には怪しまれなかった。『新みちのく交通』の前社長の高石精一と副社長の咲子は夫婦で、共に八年前に他界している。夫婦は生前、仙台市青葉区に住んでいたようだ。

八雲は、かつて専務だった市村惣二郎の現住所を調べた。住民基本台帳には、妻の和枝の名しか記載《きさい》されていなかった。市村惣二郎も故人なのか。

八雲は市役所で無線タクシーを呼び、前社長夫妻の自宅に向かった。驚いたことに、伊吹亜矢の実家とわずか数キロしか離れていなかった。

八雲はタクシーを待たせ、豪壮な造りの高石邸の門に近づいた。

インターフォンを鳴らしても、なんの応答もない。門扉《もんぴ》は閉ざされていた。

通りかかった老女がふと足を止めた。

「高石さんとこのお客さんかね？」

「ええ、そうです。高石精一さんと夫人の咲子さんは、もう亡くなってるんですね?」

「そう。八年前にご夫婦は心中されたんですよ。経営してた『新みちのく交通』を乗っ取られたんでね。息子の圭太さんと娘の瑞穂ちゃんは東京で暮らしてるから、ずっと空き家になってるんです。時々、親類の方が家に風を入れに来てるようだけどね」

「その縁者の方は、この近くにお住まいなんですか?」

「盛岡に住んでるようですよ。でも、所番地まではわからないわね」

「そうですか。どうもありがとうございます」

八雲は礼を述べ、タクシーの中に戻った。

今度は、市村惣二郎の遺族に会ってみる気になったのである。タクシーは仙台市泉区に向かった。

数十分で、目的地に着いた。市村邸も立派だった。

八雲はタクシーを捨て、市村邸のインターフォンを鳴らした。惣二郎の妻の和枝に会うつもりでいたが、応対に現われた介護ヘルパーの女性が済まなそうな顔つきになった。

「和枝さんは認知症で、まともな会話ができないんですよ。ご主人の惣二郎さんは八年前、農薬を服《の》んで自殺してしまったんです」

「自殺の動機は?」

「詳しいことはわかりませんけど、惣二郎さんは生前、『新みちのく交通』の専務をやってたんです。でもね、会社は富成って元土建屋に乗っ取られてしまったんですよ。で、前の社長夫妻は入水《じゅすい》しちゃったの。惣二郎さんは真面目な性格だったから、社長夫婦を心中させたのは番頭だった自分が無能だったからだと自責の念に駆られて、農薬を……」

「そうなんですか」

「ひとり息子の一輝さんは東京の新井薬師前で家屋解体会社をやってたんだけど、倒産してからは行方がわからないんですよ。近くの本家に惣二郎さんの実兄の千代吉さんがいますんで、そちらを訪ねてみたら？」

「そうします。その本家というのは、どのあたりにあるんです？」

八雲は訊いた。介護ヘルパーの女性は、親切にも市村千代吉宅まで案内してくれた。

七十七、八歳の男が広縁《ひろえん》に腰かけ、緑茶を啜《すす》っていた。それが惣二郎の兄だった。

「東京からお客さんですよ」

介護ヘルパーの女性が家の主にそう告げ、そのまま仕事先に戻っていった。

八雲は自己紹介し、来訪の目的を話した。

「九鬼とかいうジャーナリストは、ここには来《こ》んかったな。けど、若い男は来ましたよ。以前、わしの甥《おい》の一輝に世話になったとかで、行方を追っとった」

「甥の市村一輝さんは消息がわからないんですか？」

「そうなんだ。三年前に自分の会社を畳んでから、ずっとな。噂で一輝がタイに渡ったと聞いてたんだけど、それは事実じゃなかったようだ。先日、テレビのニュースで、タイのチェンマイの山林で甥のパスポートを所持してた日本人男性と思われる白骨体が見つかったと言ってたが、顔写真が違ってたからね」

「甥っ子さんとは、まるっきりの別人だったんですね？」

「そうなんじゃ。一輝は日本で何か悪いことをして、タイに高飛びしたように見せかけたんだろう」

「悪いことって？」

「具体的なことはわからんけど、わしの弟の惣二郎が自殺したとき、一輝は父親の遺体に取り縋《すが》って、『どんな手段を使ってでも、乗っ取られた会社は必ず高石家に戻してやるから』と泣いてたんだよ。弟は高石家の番頭だったんだ」

「『新みちのく交通』の現社長の富成氏は、どんな人物なんです？」

「曲者《くせもの》じゃな。富成は本来、土建屋だったんだよ。親の代まで小作人だったこともあって、とにかく上昇志向が強いんだ。それで県庁の幹部を金と女で抱き込み、ダム建設予定地、工場誘致地区、県営住宅予定地、特養ホーム予定地などを事前に探《さぐ》り出して、予定地の山林や農地を買い占め、巨額の売却益を得てたんだよ。そういう金でホテル、タクシー会社、飲食店なんかを次々に買収し、『新みちのく交通』の経営権も手に入れたんだ」

「そうだったんですか」

「企業の買収そのものは、別に違法じゃない。しかし、富成のやり方は汚いんだ。『新みちのく交通』の大口株主に暴力団関係者を差し向けて、強引に持ち株を手放させたんだよ」

「それはフェアじゃないな」

「甥っ子もそうだが、両親を心中に追い込まれた高石圭太・瑞穂兄妹《きょうだい》も富成を恨んでると思うよ」

「でしょうね」

「あっ!」

千代吉が何かに思い当たった表情になった。

「どうしました?」

「こないだ訪ねてきた男の顔に見覚えがあると思ってたが、三年前のバスジャック事件の実行犯のひとりだったんだ。あの男は、甥に世話になったお礼を言いたいと語ってたが……」

「その逆かもしれないと思い当たったんですね。つまり、その男はあなたの甥に唆《そそのか》されて、共犯者と一緒に高速バスを乗っ取った。しかし、実行犯の二人は逮捕されて、成功報酬は貰えなかった。で、仮出所した男は市村一輝から分け前を貰うため、必死に行方を追ってたんじゃないか。そう推測したんでしょう？」

「うん、まあ」

「あなたの甥が前社長の遺児二人と共謀して、何か富成現社長に復讐する気でいるとしたら、三年前のバスジャック事件も『新みちのく交通』の株の買い占めも説明がつくな」

「えっ、富成の会社の株は誰かに買い漁《あさ》られてるの⁉」

「実は、一時間ほど前に富成氏に会ってきたんですよ。社長の話によると、発行株の約三十七パーセントを東京の企業買収屋に買われてしまったそうです。そいつは、若槻勇樹という名らしいんです。高石圭太が若槻を動かしてるのかもしれません」

八雲は言った。

「その疑いは否定できないな。そうだったとしたら、甥は整形で顔かたちを変えてるんじゃないだろうか。前社長の長男の圭太は六本木の高石美容クリニックの院長だからね」

「甥っ子さんは色が浅黒くて、片方の脚《あし》を少し引きずって歩きます？」

「ああ、その通りだよ。一輝はわしの弟に似て、色黒なんだ。歩くたびに右肩が傾くのは子供のころに股関節を痛《いた》めて、補強金具を入れてるせいなんだよ。誰か思い当たる人物がいるのかね？」

「高石美容クリニックに出入りしてるファイナンシャル・プランナーの鮫島孝行が、あなたの甥なんだと思います。その鮫島は盗撮マニアの元大学教授たちにカードの偽造や振り込め詐欺を強要してるんです。そうした不正ですでに百億円ほど荒稼ぎしてるようですが、その金で『新みちのく交通』の株を買い集めてるんでしょう。美容整形外科医の高石圭太も、あくどい手で患者から高額の治療費を取ってます。儲けの大半は、株の購入資金に充《あ》てられてるんでしょう」

「あんた、何者なんだね？」

市村千代吉が訝《いぶか》しそうに言った。

「あなたの甥か、高石圭太に殺されたと思われる九鬼譲司の大学時代の後輩です」

「元刑事なのかね？」

「いいえ、ただの勤め人ですよ。九鬼先輩には何かと世話になったんで、じっとしてられなかったんです。失礼します」

八雲は一礼し、踵《きびす》を返した。

エピローグ

唇と唇が重なった。

男同士のキスだった。四谷《よつや》の裏通りにあるゲイ専用ホテルのエントランスロビーだ。

八雲健人はホテルのガラス扉越しに、デジタルカメラでキスシーンを隠し撮りした。

男のひとりは、M＆Aコンサルタントの若槻勇樹だ。ちょうど四十歳である。相手の美青年は、新宿二丁目のゲイバーの従業員だった。

前夜、八雲は若槻たち二人がホテルに入ったのを見届け、いったん久我山の自宅マンションに戻った。そして、出勤前にホテルの前で張り込んでいたのだ。

午前十時を数分過ぎていた。

仙台に出かけたのは四日前だ。その翌日から、八雲は若槻をマークしつづけていた。何か若槻の弱みを押さえてから、『新みちのく交通』の株の買い占めのことを詰問する気になったからだ。

ロビーから若槻たち二人が出てきた。

八雲は物陰に隠れた。ホテルの前で、若槻は美青年と別れた。

二人は逆方向に歩きだした。

八雲は若槻を追った。二百メートルほど先で、M&Aコンサルタントを呼び止めた。若槻が舗道の端にたたずんだ。

「どなたでしょう?」

「警視庁の者です」

八雲は刑事になりすまし、三日前にポリスグッズの店で買い求めた模造警察手帳を短く見せた。若槻が緊張した顔つきになった。

「若槻さんは、両刀遣い《バイセクシュアル》なんですね。妻子を持ちながら、若い男ともホテルに泊まってるんですから」

「用件をおっしゃってください」

「あなた、高石圭太に頼まれて、『新みちのく交通』の株を三十七パーセントほど買い集めましたね?」

八雲は上着のポケットに忍ばせたICレコーダーの録音スイッチを入れてから、穏やかに問いかけた。

「そういう名の依頼客は知らないな」

「とぼける気ですか。なら、あなたのご自宅にうかがって、奥さんに夫が両刀遣いだということを教えてやりましょう。おそらく離婚話まで持ち上がるでしょうね」

「おたく、本当に刑事なのか⁉」

「いろんな刑事がいるんですよ」

「わたしは知り合いの青年の人生相談に乗ってただけだ。部屋は別々だったんです」

若槻が言った。八雲は薄く笑って、上着の左ポケットからデジタルカメラを掴み出した。

「そ、それは……」

「さっきロビーで、美青年と別れのキスを交わしたでしょ？　そのときのシーンをデジカメで撮らせてもらったんです」

「おたくは、わたしを強請《ゆす》る気なんだなっ」

「それは誤解です。こちらは高石圭太の秘密を知りたいだけです。もう一度、訊《き》きます。あなたは高石のダミーとして、この春から『新みちのく交通』の株の取得に乗り出しましたね？」

「うむ」

「どうなんですっ！　シラを切りつづける気なら、奥さんと会うことになりますよ」

「それだけはやめてくれ。わたしには、妻も同性の恋人も必要なんだ。どちらか片方が欠《か》けても、心の安らぎを得られないんですよ」

「欲張りな方だな。で、どうなんですか？」

「あなたのおっしゃった通りです。高石ドクターに頼まれて、『新みちのく交通』の株を約三十七パーセント取得しました。もともと新みちのく交通は、高石ドクターの父親の会社だったんですよ。それを現社長の富成繁夫が八年前に汚い方法で乗っ取ったんです。そんなことで高石ドクターの両親はすっかり気落ちし、手と手を紐《ひも》できつく結び合って、深夜、川の中に……」

「高石圭太が乗っ取られた父親のバス会社の経営権を手に入れること自体は、なんの問題もありません。しかしね、あなたに託《たく》した株の購入資金は不正な手段で手に入れたものなんです」

「高石ドクターは合成麻薬でも製造してたんですか⁉」

　若槻が驚きの声をあげた。

「そうではありません。あなたは、高石美容クリニックに出入りしている鮫島孝行という男をご存じですか？」

「一度だけ高石ドクターのとこで会ってます。ファイナンシャル・プランナーと称してましたが、金融には疎《うと》かったな」

「その鮫島の本名は市村一輝なんですよ。八年前まで『新みちのく交通』で専務をやってた市村惣二郎の息子です。元専務は会社が富成に乗っ取られたのは自分の責任だと感じ、社長夫妻が心中した後、農薬を呷《あお》って死んだんですよ」

「高石ドクターは市村一輝と共謀して、不正な方法で株の購入資金を調達したと……」

「ええ、そうです。三年前に『新みちのく交通』の高速バスが乗っ取られた事件がありましたでしょ？」

「その事件のことは憶《おぼ》えてます」

「バスジャック事件の首謀者は、市村一輝だったんですよ。市村は自分の会社で働いてた神崎毅と飲み友達の堀江恒生を実行犯に仕立て、高石と協力し合い、『新みちのく交通』から身代金五億円をまんまと奪ったんです」

「その金も、株の購入資金に充《あ》てられたんですね？」

「ええ、おそらく。だが、それだけではとても資金が足りない。そこで市村は盗撮マニアの元大学教授たちを脅して、カードの偽造と振り込め詐欺を強《し》いた。高石自身は『荻原企画』という芸能プロの荻原社長とつるんで、若い女たちを美容整形で喰《く》いものにして荒稼ぎした。高石の妹の瑞穂も歯科治療でボロ儲けしてたんでしょう」

「そうなんですかね」

「高石兄妹と市村一輝の復讐心はわからないでもありません。しかし、彼らの仕返しのために多くの市民が犠牲になってしまった。報復の裏に隠されたからくりを暴《あば》こうとしたフリージャーナリストの九鬼譲司さんも、高石か市村に殺されたと思われるんです。市村の行方を追ってた堀江と荻原社長は、消息がわからない。もう二人は殺されてしまったのかもしれないな。そのほかにも犠牲者がいると思います」

「おたくが言った通りだとしたら、高石ドクターも市村って奴も赦《ゆる》せないな。『新みちのく交通』の株の買い増しについては、わたし、洗いざらい話しますよ。その代わり、昨夜《ゆうべ》のことは妻には内緒にしていただきたいんです。お願いします」

「わかりました。後日、別の捜査員が事情聴取させてもらうことになると思います」

八雲は言って、若槻に背を向けた。

後は警察に任せよう。会社には雑誌社回りをすると偽って、これから町田署の折笠刑事に会いに行くか。

八雲は最寄《もよ》りの地下鉄駅に向かった。

五日後の夕方である。

八雲は九鬼譲司の遺影に手を合わせていた。故人の自宅マンションだ。斜め後ろには、未亡人の弥生が正坐している。

八雲は合掌を解《と》き、未亡人に目礼した。

「あなたのおかげで、ようやく夫も成仏できるわ。きのう、折笠刑事から市村一輝という男が夫を殺したことを自供したと教えられたとたん、涙がとめどなくあふれて……」

「そうでしょうね。おれも電話で折笠さんから、市村が先輩のほかに荻原、堀江、犬飼の三人を殺害したことを認めたと告げられたときは肩が軽くなった気がしたな」

「ええ、わかるわ。高石圭太は、どんな罪に問われるのかしら？」

「高石は殺人教唆《きょうさ》で起訴されるでしょう。しかし、美容整形で若い女たちを喰いものにしてたことは立件が難しそうだな。それから、妹の瑞穂は罪に問われないでしょう。折笠さんの話だと、兄貴の高石圭太と市村は瑞穂に不利になるような供述は一切《いっさい》してないってことだったから」

「一つの犯罪を巡《めぐ》って、さまざまな人間模様が浮き彫りになった感じね。夫が理不尽な死を遂げたことは腹立たしいけど、堀江というバスジャック事件の実行犯も哀《あわ》れだわ。市村に利用された揚句、殺されてしまったんだから」

「そうだね」

「八雲さん、ビールが冷えてるの。供養だと思って、一杯飲んでいって」

「せっかくだけど、きょうは車で来たんだ。近いうち、また寄らせてもらいます」

「車なら、無理にアルコールを飲ませるわけにはいかないわね」

弥生が微苦笑した。

八雲は立ち上がって、暇《いとま》を告げた。マンションの斜め前に駐《と》めたサーブの助手席には婚約者の亜矢が坐っている。

「どうもお待たせ！」

八雲は運転席に坐った。

「早かったのね」

「うん、まあ。それより、いいのかな？　おれは挙式を来春まで延ばしてもいいと思ってるんだ」

「わたしも、そう思ってたのよ。だけど、妹の麻里が予定通りに今秋に結婚しなかったら、高層ビルの屋上から飛び降り自殺するって真顔《まがお》で言うもんだから……」

「麻里ちゃんは前向きに生きる決心をしたら、姉貴にも優しさや思い遣《や》りを自然に示せるようになったんだろうな」

「多分ね。妹がそう言ってくれてるんだから、結婚式場で披露宴の予約をしましょうよ。マリッジブルーに陥《おちい》ってるんだったら、予約を先に延ばしてもいいけど」

「男は女と違って、マリッジブルーになんかならないよ」

「あら、頼もしい！」

亜矢がほほえみ、八雲の太腿《ふともも》に手を置いた。

八雲は笑い返し、サーブを発進させた。

著者注・この作品はフィクションであり、登場する人物および団体名は、実在するものといっさい関係ありません。

注・本作品は、平成十七年七月、徳間書店より刊行された
作品を、著者が大幅に加筆・修正したものです。

一〇〇字書評

疑惑接点

切り取り線

購買動機（新聞、雑誌名を記入するか、あるいは○をつけてください）

- □（　　　　　　　　　　　　）の広告を見て
- □（　　　　　　　　　　　　）の書評を見て
- □ 知人のすすめで
- □ タイトルに惹かれて
- □ カバーが良かったから
- □ 内容が面白そうだから
- □ 好きな作家だから
- □ 好きな分野の本だから

・最近、最も感銘を受けた作品名をお書き下さい

・あなたのお好きな作家名をお書き下さい

・その他、ご要望がありましたらお書き下さい

住所	〒				
氏名		職業		年齢	
Eメール	※携帯には配信できません	新刊情報等のメール配信を 希望する・しない			

この本の感想を、編集部までお寄せいただけたらありがたく存じます。今後の企画の参考にさせていただきます。Eメールでも結構です。

いただいた「一〇〇字書評」は、新聞・雑誌等に紹介させていただくことがあります。その場合はお礼として特製図書カードを差し上げます。

前ページの原稿用紙に書評をお書きの上、切り取り、左記までお送り下さい。宛先の住所は不要です。

なお、ご記入いただいたお名前、ご住所等は、書評紹介の事前了解、謝礼のお届けのためだけに利用し、そのほかの目的のために利用することはありません。

〒一〇一−八七〇一
祥伝社文庫編集長　坂口芳和
電話　〇三（三二六五）二〇八〇

祥伝社ホームページの「ブックレビュー」からも、書き込めます。
http://www.shodensha.co.jp/bookreview/

祥伝社文庫

疑惑接点《ぎわくせつてん》

平成29年11月20日　初版第1刷発行

著　者　南《みなみ》　英男《ひでお》
発行者　辻　浩明
発行所　祥伝社《しょうでんしゃ》
東京都千代田区神田神保町3-3
〒101-8701
電話　03（3265）2081（販売部）
電話　03（3265）2080（編集部）
電話　03（3265）3622（業務部）
http://www.shodensha.co.jp/
印刷所　堀内印刷
製本所　ナショナル製本
カバーフォーマットデザイン　芥　陽子

Printed in Japan ©2017, Hideo Minami　ISBN978-4-396-34369-9 C0193

祥伝社文庫の好評既刊

南 英男
癒着《ゆちゃく》　遊軍刑事・三上謙
ジャーナリストが刺殺された。特命を受けた三上は、おぞましき癒着《ゆちゃく》の構造に行き着くが……。

南 英男
捜査圏外　警視正《けいしせい》・野上勉《のがみつとむ》
刑事のイロハを教えてくれた先輩が死んだ。その無念を晴らすため、野上は彼が追っていた事件を洗い直す。

南 英男
警視庁潜行捜査班　シャドー
「監察官殺し」の捜査は迷宮入りの様相……。捜査一課特命捜査対策室の秘密別働隊〝シャドー〟が投入された！

南 英男
警視庁潜行捜査班シャドー　抹殺者《まっさつしゃ》
美人検事殺しを告白し、新たな殺しを宣言した〝抹殺屋〟。その狙いと検事殺しの真相は？〝シャドー〟が追う！

南 英男
刑事稼業　包囲網
捜査一課、生活安全課……警視庁の各課の刑事たちが、靴底をすり減らしながら、とことん犯人を追う！

南 英男
刑事稼業　強行逮捕
捜査一課、組対第二課——刑事たちが足を棒にする捜査の先に辿りつく真実とは！　熱血の警察小説集。

祥伝社文庫の好評既刊

南　英男

刑事稼業　弔《とむら》い捜査

組対の矢吹が、捜査一課の加門の目の前で射殺された。加門は事件の真相究明のため、更なる捜査に突き進む。

南　英男

殺し屋刑事《デカ》

悪徳刑事・百面鬼竜一《どうめきりゅういち》の〃一夜の天使〃が拉致された！　非道な暗殺指令を出す、憎き黒幕の正体とは？

南　英男

殺し屋刑事　女刺客

歌舞伎町のヤミ銭を掠《かす》める小悪党を追う百面鬼の前に……。悪《ワル》が悪を喰らいつくす、圧巻の警察アウトロー小説。

南　英男

殺し屋刑事　殺戮《さつりく》者

超巨額の身代金を掠め取れ！　メガバンクを狙った連続誘拐殺人犯に、強請《ゆすり》屋と百面鬼が戦いを挑んだ！

南　英男

悪党《アウトロー》　警視庁組対部分室

(暴)《マルボウ》内に秘密裏に作られた、殺しの捜査のスペシャル相棒チーム登場！　力《りき》丸《まる》と尾崎《おざき》に、極秘指令が下される。

南　英男

シャッフル

カレー屋店主、ＯＬ、元刑事、企業舎《フロン》弟《ト》社員が大金を巡る運命の選択を迫られた！　緊迫のクライム・ノベル。